O QUARTO DO BEBÊ

BAZAR DO TEMPO

Este livro foi revisado segundo o Acordo Ortográfico da Língua Portuguesa de 1990, em vigor no Brasil desde 2009. Respeitou-se, no entanto, a maior parte das opções da escrita original da autora.

Edição ANA CECILIA IMPELLIZIERI MARTINS
Produção editoral JADE MEDEIROS
Assistente editorial BRUNA PONTE
Revisão FERNANDA FRANÇA
Projeto gráfico e capa BLOCO GRÁFICO
Assistente de design STEPHANIE Y. SHU
Acompanhamento gráfico MARINA AMBRASAS

Imagem de capa ADRIANA MOLDER
Sem título, 1999, tinta-da-China sobre papel esquisso, 100 × 300 cm.

CIP-BRASIL. CATALOGAÇÃO NA PUBLICAÇÃO
SINDICATO NACIONAL DOS EDITORES DE LIVROS, RJ

R367q
Ribeiro, Anabela Mota
O quarto do bebê / Anabela Mota Ribeiro
Rio de Janeiro: Bazar do Tempo, 2025

ISBN 978-65-85984-58-4

1. Ficção portuguesa. 2. Literatura portuguesa.
3. Romance. I. Título.

25-98524.0 CDD: 869.3 CDU: 82-31(469)

Carla Rosa Martins Gonçalves, Bibliotecária, CRB-7/4782

BAZAR DO TEMPO
PRODUÇÕES E EMPREENDIMENTOS CULTURAIS LTDA.

Rua General Dionísio, 53, Humaitá
22271-050 – Rio de Janeiro – RJ
contato@bazardotempo.com.br
www.bazardotempo.com.br

REPÚBLICA PORTUGUESA
CULTURA
DIREÇÃO-GERAL DO LIVRO, DOS ARQUIVOS E DAS BIBLIOTECAS

Edição apoiada pela DGLAB (Direção-Geral do Livro, dos arquivos e das Bibliotecas) / Portug

Anabela Mota Ribeiro

O QUARTO DO BEBÊ

Para as Auroras
Para o Zé Antônio, que esteve comigo na selva oscura

Penso no ato de escrever. O real é uma retrospetiva:
registar recolher nomear esquecer. A mão obedece.
ANA HATHERLY, Tisana 103

Dans cette chambre sans berceau.
JACQUES BREL, "La chanson des vieux amants"

A palavra que estava
na ponta da adaga era nu.
Escrever é conseguir
estar nua, desorbitada,
fora do tempo cronológico.
É avançar nua e intrépida.
E sem vergonha,
que é o mais difícil.
Nua. Sinônimo de diário.
Estar a sós comigo, a falar comigo.

Advertência

Quando o meu pai morreu, achei-lhe na secretária uma série de cadernos manuscritos. Guardei o diário, que estava identificado com a inscrição *diário, reflexões, comentários* para uma fase madura do luto, que não é aquela em que estou.

Na gaveta de baixo, arrumados na mesma ordem meticulosa, encontrei cadernos de trabalho. As notas eram cifradas, para garantir a proteção da identidade dos pacientes.

Nos seus últimos dias, partilhou comigo um sonho que o assombrara. Na Feira da Ladra vendiam-se os seus papéis, calcinhas, o pincel da barba, fotografias com os pais, uma medalha atribuída pela Ordem dos Médicos ao meu avô. Os objetos mais íntimos e os mais preciosos surgiam em exposição sobre um tecido gasto. Era a sua nudez retalhada, como um cadáver prestes a ser autopsiado. Compreendi que me falava do horror da devassa. E de um cuidado amoroso que esperava de mim.

O último volume destes cadernos não era manuscrito e não era seu. Era uma narrativa estranha que presumi ser de uma paciente. Nome: Ester do Rio Arco. Título: *Fala orgânica*. Tinha título e assinatura, mas parecia uma matéria em bruto, de formato irregular. No verso de um postal, preso com um clip, pude ler

Agora são as férias de Natal. Deixo-lhe o meu diário. Se nos encontrarmos em janeiro, se a vida continuar em janeiro, podemos discutir as razões pelas quais lhe deixo o meu diário. Mas elas são simples. Porque tenho medo que morra. Porque tenho medo de morrer. Porque a paternidade deste corpo é também sua. E quero que lhe veja a cara antes de acontecer o que sabemos que pode acontecer.

Esta fala orgânica é um modo de exprimir a minha gratidão.

Vá ao meu velório, abrace-se ao meu homem, saibam que algures foi maravilhoso.

No *Esaú e Jacó*, de Machado de Assis, que ela estudou e eu ensino, explica-se na Advertência a aparição dos cadernos do Conselheiro Aires. O sétimo trazia um título: Último, e foi transformado em *Esaú e Jacó*.

Não resisto a ler a narrativa de Ester. Transforma-se numa presença diária. Qualquer coisa me obceca nela. Partilho o sofrimento pela morte da pessoa amada. A Aurora. O meu pai.

O que mais me perturba é sentir-me identificada na infertilidade. Apesar da minha filha, apesar de eu ter sido mãe. Acorda em mim a dor de me sentir amputada, de não ser capaz de exprimir o desamparo, o sofrimento. Não tenho idioma próprio. A minha voz é um grasnar que fere os ouvidos.

Faço deste bebê órfão um filho adotivo. Não é meu desde a origem, *ab ovo*. Mas faço-o meu. Dou-lhe outro nome. Justamente *O quarto do bebê*.

Esta noite, pelas quatro da manhã, acordei com vontade de urinar. Fiquei a um instante de me entregar e fazer xixi na cama. Imaginei uma onda quente a tomar o meu sexo, as pernas. Impôs-se o princípio da realidade, a adulta que sou. Levantei-me e fui à casa de banho.

De manhã, reconstituindo o sonho, tive a sensação de tocar fraldas umedecidas.

Interpreto o sonho como um desejo de regressão. Despontou a vontade de ser a sua criança, como nos anos em que nos amávamos sem mácula e o tempo era infinito.

O meu pai morreu. Que farei com o seu espólio? Que farei aos presentes torneados pelas mãos daqueles que escutou durante anos? Aqueles seus outros filhos, derramados anos no seu divã. Uma intimidade e uma dádiva que instilam em mim até ciúme.

Tenho uma saudade imensa.

Julgo por fim compreender por que me interessei pel'*O quarto do bebê*. Porque me permite sentir o colo do meu pai, regredir ao útero do meu pai.

A Filha do meu Pai
sem data

PRIMEIRA PARTE

Dia 2 do isolamento, sábado, 14 de março de 2020

Passam dois anos sobre o assassinato de Marielle.

Há um ano, estava no campus da Brown, fim de tarde já noite, frio de neve, velas acesas, palavras, comoção. Há um ano estava na irrealidade de quatro meses a ler e pensar, no privilégio.

Estou noutra irrealidade, e tudo parece absurdo, incompreensível, certamente catastrófico. Não tenho a capacidade de me projetar no futuro, alcançar o verão, a normalidade. Estou presa ao imediato, com uma noção estreita e flexível do tempo. Um dia parece-me uma semana.

O estar muda muito.

Ontem recolhemos a casa. Ontem foi o dia 1 do isolamento, se descontar o dia 0.

Ontem foi o primeiro dia em que faltei à psicanálise, na qual falaria do bloqueio, menos do medo, em que repetiria a palavra aridez. Falaria da sensação de fechar os olhos e ver uma terra gretada, de as palavras me escaparem, como quando a onda quase molha os pés e depois foge para trás, rápida.

Escrever um diário, forçar-me a escrever um diário é igual a subir e descer as escadas deste sexto andar. Casa nova, 120 degraus, íngremes. Um exercício. Também me tinham sugerido que escrevesse um diário dos meses da Brown. Fui tola em não ter escrito.

Eu devia ter escrito um diário a partir de 30 de setembro. Eu devia ter escrito o diário da doença. Mas não fui capaz.

Tenho duas palmeiras em casa. Uma delas está a mirrar. Em Providence, comprava aos sábados um ramo de rosas por cinco dólares. A Aurora aconselhava:

— Flores por perto.

Na véspera de me fechar em casa comprei dez rosas amarelas.

No verão, já depois do regresso dos Estados Unidos, fui lanchar com a Aurora a casa da Eugênia.

No dia em que fiz a ressonância magnética e a biópsia, em que, no fundo, soube, nesse 30 de setembro, encontrei a Eugênia no bar do hospital. A Eugênia teve um câncer. A Eugênia é poeta. Assumi a sua presença como um bom augúrio. Uma pessoa agarra-se ao que pode.

Quase não chorei na doença. Pus-me a ver a Nadia Comaneci em *repeat*. O treinador, Bela, disse que a Nadia não chorava desde os seis anos. E, nesse ponto do vídeo, ela tem totós e está a medir a trave, com giz. A comentadora americana faz um oh de espanto. Aquele exercício nas barras assimétricas, que viria a ser o primeiro *perfect ten*, parecia irreal à comentadora americana.

A Nadia: cada um monta os seus altares.

A doença fez-me compreender que sou mortal.

A descrição do *Brás Cubas* da morte da mãe é pungente. Era a primeira vez que a morte vinha ter com ele, e não era a morte de César, nem a morte de outiva, era a morte da pessoa amada. Esta ainda é outra morte. É uma morte direta, talvez a Morte ela mesma. A minha mãe tocou o carro funerário onde seguia o corpo de pedra da minha avó. Dei-lhe um beijo quando o caixão estava sobre o granito, antes de descer à terra. Nunca tinha beijado um morto e percebi que era de pedra. A minha mãe tinha nessa morte a morte da pessoa amada. Eu tocava-lhe o ombro, a minha mãe tocava o vidro do carro funerário. Desta vez o movimento da morte foi mais rápido, engoliu um elo da cadeia, olhou-me de frente.

Depois escrevo sobre o medo de morrer, que apareceu num sonho de novembro. Agora estou em isolamento e não tenho medo.

Peso, numa balança impossível, a quantidade de químicos que me injetaram nos últimos meses. Os médicos explicaram-me. Estou mais exposta, sim.

O cirurgião que me operou trabalha num hospital público. As mãos dele são grossas. Não tenho outra palavra: grossas. O toque é delicado, macio, parece que nem toca. E faz uma cara de quem está a ver no escuro. No seu serviço, em cânceres diagnosticados precocemente, a taxa de sucesso é de 98%.

Há um instante em que um fantasma escapa por uma frincha e escarnece: e se eu estiver nos dois por cento? O fantasma pode ser aquela representação da morte de *O sétimo selo*. (Nos últimos dias morreu o Max von Sydow.) Embora o meu fantasma seja transparente, fino e poderoso. Dois por cento.

Domingo. A médica sugeriu que cancelasse a ida ao hospital onde deveria fazer tratamentos e consulta.

Quinta-feira, dia menos 1 do isolamento. Análises, injeção, supermercado, comecei a cozer legumes.

Domingo foi no século passado. Mesmo quinta-feira foi no século passado.

Andei de máscara pela primeira vez.

Dia 3 do isolamento, domingo, 15 de março

Hoje a Soledad faz setenta anos. Há quatro dias comentava que viriam amigas de Granada. Já então sabia, sabíamos, que era um plano arriscado. Porém, fazer planos, apontar tarefas, até para o imediato, é um mecanismo que não podemos abandonar.

Soledad é viúva. A memória do amado marido é o oxigênio de que vive. Raramente uso a palavra oxigênio. A metáfora surge num momento em que tememos deixar de respirar.

Estive em Granada há uns anos. Procurava um refúgio para escrever. Não escrevi.

Agora são 17h13.

A minha cabeça parece um ninho irrequieto, ouço uma chiadeira, podem ser ratos. Há um ano apareceu-me um rato aos pés da cama em Providence. É imensamente difícil concentrar-me, fixar-me num objeto, não derivar, não praticar a associação livre da psicanálise.

Esta escrita tem um artificialismo que me desagrada, uma *patine* de autoficção, narcisista. Tento ver-me ao espelho com boa cara. Procuro encontrar um sentido, concatenar peças esdrúxulas.

Em poucos dias, imagino que os primeiros botões das orquídeas se abram. Daqui a um mês — sabe-se lá onde estaremos, se ainda seremos —, a taça de madeira com vasos de orquídeas estará um esplendor.

— *Keep blossom*.

Disse-me a Aurora, há instantes.

Tremo pela vida da Aurora. Extrema vulnerabilidade. Se não sair de casa às seis da manhã, morre. Se não der 35 passos dentro de casa, morre. Se o bombeiro que lhe dá banho, o enfermeiro que a acompanha apanharem o vírus, morre. Ou tem grande probabilidade de morrer. Enquanto isso ouve música clássica no rádio e matuta nesta interrogação: por que é que a voz humana não chega?, como surgem os outros instrumentos?

Intuí que a Aurora e o meu psicanalista tinham sido colegas de curso. Foram. Não quero saber se foram amantes. Assim posso fantasiá-los à vontade. Pais alternativos. Disputa ciumenta desta criança furiosa que eu sou. Tenho medo de que o meu psicanalista morra. Os mesmos oitenta anos.

Não li uma linha nesses três dias. Conseguir escrever opera uma catarse. Preciso de o dizer o quanto antes ao meu psicanalista. Ficará contente de saber que fui capaz de vencer a inércia, o pânico. Não importa se isto é uma bodega.

Bodega foi a palavra que o meu ginecologista usou para descrever o útero ou os ovários, já não sei qual, faz poucos anos. Vem tudo fora, em breve, daqui a meses, se houver meses.

Demorei a sentar-me a escrever. Gastei o dia em tarefas domésticas. Forcei-me a vir para este escritório que montei com tanto amor.

Tive dois sonhos importantes durante os meses do câncer. Foi um tempo delimitado, de recorte específico, um tempo onde se golpeia uma fissura ancestral. Chamo-lhes assim: os meses do câncer.

O primeiro foi com a minha morte e o meu medo de morrer, e nele havia também um renascimento e uma temperatura amniótica. Foi na primeira semana da radioterapia. No sonho, avisei que ia desmaiar e deitei-me no chão numa posição fetal.

Era a sala onde estava o aparelho da radioterapia. Estavam presentes vários médicos, o cirurgião que me operou, calmo, o João um pouco ansioso, não aflito. Sonhei este sonho, ou fiz este sonho, na primeira noite em que dormi sozinha desde a operação. O João regressara a Lisboa, eu estava naquele colchão confortável onde a minha irmã me aconchegou. Na véspera, ouvira sobre a Luísa, que estava à beira da morte, e que desmaiava. Isso na realidade. E também na realidade a minha pressão era 5/9. Que sensação tépida vem com esse sonho em que fui capaz de sonhar o medo, e de morrer no sonho. Desmaiar é isso, é uma morte passageira. E fui capaz de renascer e acordar, tranquila, amparada pelas pessoas que cuidam de mim. Ilesa.

A conversa daquele tempo, conversa entabulada comigo mesma, quase sempre saindo de mim, indo ao psicanalista e voltando para mim, era sobre fazer o luto do meu corpo fértil. Aridez era a única palavra que não esquecia. Nem um sinônimo me ocorria. Um mês depois de iniciar a terapia hormonal, faltou o período. Não sabia que ele não viria mais. Poderia ser uma gravidez? Oh, como gostaria de estar grávida! Escrevo isto e é a primeira vez em muito tempo que me toma uma vontade de chorar (e me controlo para não chorar).

Não era uma gravidez. Mas no sonho — esse é o segundo sonho — eu ia ter um bebê. Coisa muito diferente de estar grávida.

Hei de escrever sobre aquela rapariga, Ester, que escondeu a gravidez e pôs o bebê recém-nascido no caixote do lixo. (Lapso: ia escrever livro em vez de lixo.) Quis roubar aquele bebê. E tive tanta pena daquela mulher. Que perturbação termos o mesmo nome.

No meu sonho, fiquei muito preocupada com a saúde do bebê, com o efeito das radiações. O médico assegurou que as células do bebê eram todas boas. Estabeleci que na casa nova o quarto do bebê seria o espaço do meu escritório. Prescindia do meu espaço de trabalho para aqui instalar o bebê.

Nunca me apareceu a formulação: meu filho.

Batizei o meu escritório de *o quarto do bebê*. Lugar de criação, gestação, vida.

A escrita deste diário é o primeiro movimento de uma vida torrencial. Gosto de me sentir vulcão a vir por fora. Nunca subi ao Vesúvio. Já olhei para a boca do Etna, da berma. Não se pode chegar demasiado perto, porque apetece mergulhar.

Dia 4 do isolamento, segunda-feira, 16 de março

A única vez que tive um diário foi no começo da adolescência, pouco depois de ler *O diário de Anne Frank*. Chamei-lhe Kitty, naturalmente.

Há seis anos fui a Amsterdã com a minha afilhada, Ana Ester. Tive uma compreensão física do anexo, da claustrofobia, do viver às escuras. Nunca tinha percebido, nas leituras repetidas do livro, que viviam numa despensa. O anexo pareceu-me tão exíguo e lúgubre como a despensa da minha casa de Vila Chã onde a minha irmã e eu fechávamos a nossa irmã mais nova.

Não consigo organizar a cronologia, mas pode ser que eu fechasse a minha irmã no escuro na mesma altura em que lia Anne Frank, que vivia num anexo escuro. Uma pessoa não entende as coisas que foi capaz de fazer. Melhor não pensar nas coisas horríveis que fui capaz de fazer.

A memória da visita ao anexo tem-me aparecido com recorrência. Aparece-me Anne Frank a recolher ao anexo, com camadas e camadas de roupa. A impressão de o tempo ser matéria plástica, de terem passado anos entre as primeiras entradas no diário, a vida cá fora, e aqueles poucos dias mais tarde em que a família está enclausurada. Aparece-me a acrimônia.

A escassez. A passagem em que Anne se sente afortunada porque, ao menos, têm casa, ao contrário das pessoas deportadas para os campos.

A minha amiga Conceição disse a mesma coisa. Que sorte a nossa porque temos casa. Que sorte a nossa porque podemos fazer quarentena, e estamos bem.

A Conceição é católica e rezou por mim quando estive doente. Comoveu-me que rezasse por mim. É um mistério a nossa necessidade de nos relacionarmos com o transcendente. Quando cheguei ao hospital para ser operada, incomodou-me que no quarto estivesse um crucifixo. Era uma presença intrusiva, pensei removê-lo. Eu, munida dos meus artificialismos, tinha montado o meu presépio nessa manhã: ouvido sambas de roda da Bahia, visto os exercícios da Nadia, pensado na Maria da Graça. E posto na mala, com o pijama, dois romances do Machado, *Dom Casmurro* e *Esaú e Jacó*, a minha bíblia. Pensei na Conceição, ficou o Cristo. Olhando para ele, olharia para ela.

Tive muita, muita sorte. Pode soar estranho e falso que o diga, mas sinto-o no mais fundo de mim. Eu pude ser operada uma semana depois do diagnóstico. Eu tive dois amigos médicos que se transformaram em anjos da guarda. Eu tive o João, as minhas irmãs, os meus amigos a segurarem-me na mão. Ninguém debandou ou desiludiu. Extrema qualidade da minha vida relacional, disse o psicanalista, numa formulação técnica e correta.

Desde o primeiro dia, não me perguntei por que eu. Estava psicologicamente preparada. Potencialmente todos vamos ter câncer, cânceres.

Interrompo-me.

Sinto uma resistência a escrever sobre isto. Ou a escrever.

Dias 0 enxertados neste dia

Vamos às janelas comunicantes.

O nome da médica que fez a biópsia é Maria da Graça. Não esquecerei a sua cara quando se despediu de mim, com dois beijos e afeto. Foi nesse momento que soube, nesse olhar. Segunda-feira ao fim da tarde, 30 de setembro, depois de uns dias de sonho.

Os meus primeiros pensamentos foram para uma jovem mulher que tinha entrevistado, há anos. Lembrava-me da cara dela, boca gorda, ar de saúde mesmo sem cabelo. Sobretudo lembrava-me de duas coisas: de ter um filho bebê que rejeitava o peito, aquele que estava doente. (É medonha a imagem de um peito que tem leite materno e que está infectado. Não eram caroços, não era o seio intumescido, era um câncer.) A outra coisa de que me lembro: um filho mais velho que lhe dizia "Ó mãezinha, tu vais conseguir".

Nos primeiros tempos, lembrava-me das palavras do filho e corriam-me lágrimas. Por dentro. Por fora, quase não chorei.

Demorei dias a reler o testemunho. Não me lembrava que o seu nome era Maria da Graça.

A Maria da Graça (onde andará?), sem o saber, segurou-me na mão. Recordo-a tão humilde, tão valente. Foi o meu modelo.

Eu, que não tive de suportar meses de angústia, esperar vez nos exames, vez na cirurgia, podia lá fraquejar?

Não é tão simples. É, aliás, complicadíssimo. Culpa. Por que é que eu tenho esta sorte? Saímos do túnel do Marão, a minha irmã Adelaide, João, eu. No carro. No instante em que vimos luz, paridos da terra, balbuciei:

— Eu não mereço isto. Eu não mereço tanta sorte.

Naqueles dias em que embruteci, incapaz de elaborar sobre o que estava a viver — a palavra exata é metabolizar, porque é um processo biológico, bolo do estômago, dos intestinos, do lugar que não se sabe onde fica e que é onde fica a nossa consciência, e ainda a nossa inconsciência —, a Maria da Graça foi a minha inspiração.

Obrigada.

A outra janela comunicante.

Liguei o telefone quando acordei da cirurgia. Já no quarto. Estava num grupo de WhatsApp, dezenas de mensagens. Ia nascer o neto da minha amiga Eulália. Mandei uma borboleta azul, modo esvoaçante e belo de dizer *auguri*. Naquele mesmo dia em que me extirpavam uma presença maléfica, nascia uma criança. Visitei a minha amiga Eulália um mês mais tarde. Olhou-me estupefacta. O neto nascera no mesmo hospital em que fui operada. No mesmo edifício, separadas por umas poucas paredes, sem sabermos uns dos outros, acontecia aquela morte e acontecia aquela vida.

Apesar do calmante e da anestesia, não estava desarticulada nem sonolenta. Recordo com nitidez o momento em que me acordaram no recobro, de ter desatado a chorar, de ter pedido que dessem um recado ao João, de ter sido capaz de repetir o seu número de telefone. Aquele recado era a coisa mais urgente que tinha para dizer já do lado da vida. (A anestesia é outra pequena morte, e causou-me fascínio durante dias.) Urgente como se estivesse ainda do outro lado, do lado da não-vida.

Lençol ensopado em sangue vermelho. Descarga menstrual na noite da cirurgia. Quando era menina e apanhava os pensos higiênicos da minha mãe, comparava a sua cor acastanhada com a cor do meu fluxo. Achava-me superior porque a minha cor era viva. Também achava que era superior porque não tinha os mamilos castanhos e proeminentes da minha mãe. Os meus eram delicados, pequenos, cor de leite. Eu não queria ser como a minha mãe, talvez mulher. Hoje quero ter a magreza extrema da minha mãe. Perder as formas arredondadas, como se voltássemos as duas a ser meninas. Regredir a um lugar primordial.

*

A poça de sangue com que acordei deixou-me feliz e orgulhosa. O meu corpo estava vivo. Penso que desejei ter um filho. Já não tenho a certeza. Ficam soterradas até as coisas muito importantes. Escrever esta memória fugidia é uma maneira de colar a peça no vaso, ainda que a concatenação seja difícil. Melhor colar do que perdê-la para sempre.

O pai do João gostava de armanhaque. Esta casa nova está cheia da presença dos pais do João. Uma arqueologia laboriosa, em curso, traz até ao nosso presente sofás, estatuetas, livros, objetos de gente rica, postais onde se exprime uma ternura que não podia adivinhar. Sempre atribuí a esse homem a severidade, a exigência, a extrema dureza a partir dos relatos dos filhos.

Na quinta-feira em que a oncologista me confirmou que tinha *uma coisinha* que era preciso tirar, tomei decisões, fiquei muda. Fui buscar um copo de armanhaque, bebi quase de um trago. Nunca o havia feito.

Uma coisinha. Na sua primeira aparição, ele, aquilo, o que não se espera que seja o que é, foi chamado coisinha. A oncologista evitou cuidadosamente a palavra. O tom foi quase sussurrante. Mas eu não conhecia o significado da palavra. Antes de ter medo ou uma compreensão do que me estava a acontecer — do que me iria acontecer —, seria preciso que eu dominasse o vocabulário, que eu soubesse que *aquela coisinha* desloca as placas tectônicas.

Eu não conhecia o significado da palavra porque eu não sabia o que significava ter câncer.

As palavras ficaram de uma sílaba. Instalou-se uma calma gelada. Permaneci em silêncio, sozinha, passou-se uma hora. Quando o João chegou a casa, traduzi a certeza assim:

— É.

Ainda o dia 4 do isolamento

Voltei ao diário porque me acompanhava um fio de insatisfação. A mesma coisa em relação a estes dias. Deveria escrever mais sobre o que faço nesta quarentena profilática. Sei que tenho de escrever sobre sábado, segundo dia, sobre a mancha que perdura porque saímos para dar um passeio. Olho para a carteira que usei a tiracolo e interrogo-me sobre o que nela vive e eu não sei.

Não vamos sair mais.

No dia 2 do isolamento, quando comecei a escrever, queria ter escrito sobre o dia 1, e agora não me lembro do dia 1. Ficou submergido. Só me lembro de ter cozido legumes, feito purês, arrumado no congelador.

Em todos os dias prevalece um desejo de limpeza. Raia a obsessão. A pandemia agudiza uma sensação antiga: o nojo. O nojo do que é animal, do que contamina, do que tem cheiro. Nojo do calor que vem da presença de um animal. Nojo do pelo. Nojo da baba. Nojo de deitar a minha cabeça num guardanapo onde outro paciente deitou a cabeça.

— Não tem piolhos.

Tartamudeei, obrigando-me a vencer o asco.

— Já sabia que ia pensar isso, por causa dos seus nojos. Mas o guardanapo é novo, está apenas amarrotado.

Replicou ele.

Ratos, piolhos, cães. Não gosto de animais.

O psicanalista gosta de gatos. Se a mão que me estende à chegada estivesse suja, se fosse uma mão que afagou um gato, eu teria nojo, ou muito nojo.

Tudo isso são coisas que lhe digo na cara. Digo-o num tom de autorrecriminação. Sou um bocado estúpida.

Na casa nova, onde vivemos há exatamente dois meses e 16 dias, já adotei um método para evitar a sujidade. Deixo cair os cabelos sobre um chão que parece de mármore, mas não é. Depois aproveito o disco do algodão que usei com água micelar para limpar a pele. Preciso de ver a cor do algodão, como preciso de ver as fezes antes de fazer a descarga. Apanho cada cabelo visível com o disco de algodão e termino orgulhosa por ser tão limpa. Como fico orgulhosa se faço um cocô que se veja, embora só eu o veja. Recebida esta gratificação, invade-me um sentimento de culpa por perder tempo com tanta palermice, tanta coisa miudinha, quando devia pensar no mundo, na Humanidade, nos desafios do meu doutoramento.

Tenho uma grande alegria em limpar, limpar, limpar a casa. Sinto sempre que a minha mãe tem orgulho em mim. Que, ao limpar, sou mesmo filha da minha mãe. O desgosto que ela teria se eu fosse porca e sostra. As minhas tias eram sostras. No meu diário, Kitty, quis escrever sostra. Mas nunca tinha lido a palavra, só ouvido, e não sabia como escrever.

Não entendo gente porca nem sostra.

Agora tenho uma saciedade que há pouco não tinha. Uma sensação de limpeza que também tenho quando obro. Obrar: palavra extraordinária para dizer defecar. Odeio o som da palavra vulgar. Nunca a uso.

Na passagem das fraldas para o pote, não queria fazer no pote. Resguardava-me atrás de uma porta, debaixo da mesa, da cama, longe dos olhares dos adultos. Pode ser que não quisesse submeter-me às ordens da minha mãe. Domina-me a impressão longínqua de vergonha — por fazer (ou não querer fazer) uma coisa íntima à frente de outros. Não queria ser devassada.

A minha mãe descobria mais tarde os meus vestígios. Enchia-me de porca.

Não há muito tempo, já na casa nova, sonhei que o João fazia um cocô-bebê, imenso. Era, na verdade, um cocô-bebê meu. Acarinhei esse bebê. Estava tão seca, tão árida, que nem um bebê-cocô conseguia fazer, sonhar. Estranhamente, aquele bebê do João era meu, pertencia-me.

Amanhã vou tentar descrever com minúcia o dia no isolamento, ser menos introspetiva e menos regressiva. A psicanálise é um vício, uma forma de olhar, de me compreender. Faz sentido ver com lupa como gasto os minutos. A limpar. Mas o quê?

Dia 5 do isolamento, 17 de março

A palavra que não usei ontem: fisiologia. O funcionamento da nossa cabeça, do nosso corpo, o movimento da vida tem por nome fisiologia. O significado não é literal, mas escrevo a palavra fisiologia e vejo um movimento que é interior ao corpo, uma corrente que dá a compreensão de um sistema.

Na sessão de psicanálise que hoje fiz por Skype, a primeira da minha vida fora daquela sala ao fundo da rua de S. Bento, deitei-me no sofá preto da sala. Como sempre, fechei os olhos. Creio ter falado demasiado alto, receando que não me ouvisse bem. Descrevi os meus dias, a tranquilidade do "início dos inícios", como sintetizou, depois de usar a expressão "tempos de guerra". Mas que significa guerra? Que palavras nos ajudam a compreender esta guerra? Como é a cara do nosso inimigo? Quais são as nossas munições, procedimentos de segurança, movimentações no terreno, trincheiras, rações de combate?

A minha mãe ainda não tem a dimensão do perigo. Eu soube antes da sessão que a Fernandinha estava lá em casa, a limpar tudo com lixívia. E luvas. Pedi de mansinho que não houvesse mais visitas depois desta visita. Minha mãe brinca com o fogo.

A Fernandinha é a Fernanda dos Onze, onze filhos de uma família de evangélicos, no prédio ao lado do nosso. Fernanda era a mais velha. Uma vez quiseram levá-la para a prostituição, em Espanha, mas a família resgatou-a a tempo. A minha amiga, dos Onze, era a Lídia, que anos mais tarde se viciou em drogas. Contaram-me que estava disposta a prostituir-se por uma dose de heroína. Mas não a vi nesses anos. Não a reconheceria se a encontrasse. O recorte que guardo dela é muito tênue: era mais feia e mais pobre do que eu. Uma vez ficou triste porque lhe mostrei todos os pares de calças que tinha. Duas linhas que davam conta da extrema penúria: não havia sapatos para todos, por isso quem acordasse primeiro sacava os sapatos disponíveis. E não havia manteiga. Nós comíamos Planta, e barrávamos apenas de um lado, mas comíamos Planta.

A Fernandinha limpa genialmente bem. A Fernandinha passou a limpar a casa da minha mãe uma vez por semana. A minha mãe adora a Fernandinha, que limpa como ela limparia. A minha irmã mais nova, segundo a minha mãe, limpa bem, mas não limpa como a Fernandinha. Quando a minha irmã limpa, a minha mãe vai por trás e limpa à sua maneira.

A minha mãe começou a limpar com oito anos, quando foi trabalhar para casa de uma tia no Porto. Limpava e fazia companhia a uma menina, afilhada da casa. Batiam-lhe. Mas comia.

Há poucos meses, a minha mãe contou que o pai da sua mãe, o avô Baltazar, era tão pobre que andava ao tostão. Nome de rei e mendigava. É daí que a minha mãe vem. Da sardinha para três, do caldo engrossado com farinha. A minha mãe não come sopa porque já comeu caldo que chegasse em criança.

(A minha ~~mão~~, lapso recorrente: quero escrever mãe e escrevo mão, e vice-versa.)

A minha mãe, que é todo um livro, toda uma psicanálise, das longas, como a minha, tem agora uma empregada que lhe limpa a casa todas as semanas, vai comer ao restaurante todos os dias, vai ao cabeleireiro todas as semanas (a sua cabeleireira chama-se Ester, como eu), põe unhas de gel, toma café com as amigas, fuma a sua cigarrada, tem resolvidas há anos as angústias que a consumiram toda a vida: dinheiro e ciúme. A minha mãe tem de ficar em casa. E não fica.

No verão passado, eu estava no Algarve. A minha mãe descrevia-me a maneira como a Fernandinha limpava, fazia-me ver os seus movimentos de gata, que desliza a mão até ao cantinho, por cima dos móveis da cozinha, do guarda-fatos, frenética. Havia naquela descrição um prazer lascivo. Eu senti-o assim. Seguia siderada aquele movimento de limpeza, a voz da minha mãe. E estava na casa de banho e pensava em como as coisas se completavam. Eu era a minha mãe, eu era a Fernandinha, e devíamos experimentar um prazer de criança que brinca com as fezes, o genital, a terra.

Passaram todos esses anos. Já não sei falar como a minha mãe e a Fernandinha falam. Só me sai um palavreado caro, a armar. Raramente me ocorrem as expressões delirantes da minha infância, como aquela que ainda ontem a minha mãe usou:

— Não lhe cabe um feijão-chícharo no cu.

Quer dizer que uma pessoa está contentíssima ou vaidosa de uma honraria que lhe prestaram. Gostava de desaprender, raspar, escavar, deixar ver aquilo que não foi comido pela polidez social, pelo conforto, por aquilo que, boa aluna que sou, tratei de apagar. Não de disfarçar, mas de rasurar mesmo. Algures deve estar.

Ter sido pobre, tão pobre, é um dos acontecimentos mais significativos da minha vida. Talvez o mais significativo.

Na sessão de telepsicanálise, elaborei sobre as primeiras entradas deste diário. Sobre o movimento irrequieto, viral, altamente contagioso que caracteriza a minha escrita, a incapacidade de me fixar num assunto ou pessoa ou linha de raciocínio — à semelhança do vírus que nos tem a todos em casa. Assinalei a relação osmótica entre a limpeza da casa e o funcionamento orgânico do corpo. Este estado de clausura potencia todas as minhas obsessões.

O modo de pensar é contaminado por esta ameaça. Não sei se me faço entender. Não encontro as palavras para dizer o que penso. Durante o dia pensei que isto que escrevo é só desabafo, que não tenho pensamento analítico. Na verdade, só queria voltar a ter a faculdade da imaginação.

Vou tentar fazer uma lista de tarefas diárias.

Tomar o Tamoxifeno, hesitar por vezes: já o tomei ou não?

Pôr café a fazer, café de saco numa velha máquina. Tomar apenas um nespresso no fim do pequeno almoço. Tomava aos três de seguida, em jejum. Uma careza e para nada. Descongelar um pouco o açaí.

Enquanto isso, ferver água na chaleira, pôr a mesa, descascar a fruta, tirar a manteiga (manteiga mesmo) do frigorífico para que também descongele um pouco. Evitar migalhas. Fazer um esforço para não me fixar nas migalhas. Repetir a mim mesma: não tem importância, depois limpo, não tem importância, depois limpo. Não deixar que me contamine a ideia (errada) que já me trouxe intoxicada:

— Merda de meninos ricos para quem sempre houve alguém que catasse as migalhas.

O Hugo van der Ding escreveu num desenho: "Come bolachas no sofá como se tivesses uma criada".

Nos primeiros anos de Vila Chã, não tínhamos dinheiro para um aspirador. A minha mãe e eu andávamos de cu para o ar a apanhar linhas e migalhas. Não varríamos para não levantar o pó. E para que a alcatifa, uma alcatifa baratucha de casas pobres, não ficasse feia.

A minha mãe, toda a gente, dizia cu. Anos mais tarde aprendi que não se dizia cu. Ainda mais anos mais tarde, a palavra soou-me impronunciável.

A minha mãe não nos fazia festas de aniversário porque não havia dinheiro. Também porque, depois da festa, era ela que andava de cu para o ar, até as tantas, a limpar.

Eu achava que a minha mãe era maníaca das limpezas. Hoje sou pior do que ela.

Também nesses primeiros minutos depois de acordar, mudo a água das jarras — enquanto as flores durarem. Penso sempre em trazer um café e ficar a ler na cama. Qualquer coisa em mim não mo permite.

Dia 6 do isolamento, 24 graus

Essa noite, a deslizar para o sono, sonhei com uma imagem que é uma fantasia da infância. Do meu sexo, no lugar do clítoris, saía uma pilinha de bebê. Podem também ser vestígios das leituras do Freud que fiz há uns meses: de as meninas julgarem que o seu clítoris é uma pilinha.

Só de tarde aproveitei o terraço da casa nova. Pus a casa a aproveitar, abri as janelas de cada compartimento. Tenho de contar quantos são. Estiveram horas a receber o ar da primavera. Daqui a três dias é primavera. E agora que as fechei, inspirei um cheiro morno e verde, ligeiramente diferente do cheiro de casa nova que a casa ainda tem, um cheiro branco, de cimento e cal.

Acabou o pacote de algodão, o desodorizante, substituí a escova de dentes. Continuo a pôr perfume como se não houvesse nada. Compro-o em Florença, dura há quase cinco meses. Esperava comprar um novo em fevereiro. Sonhava com Itália para celebrar a vitória sobre a doença.

Quase fomos à Itália. Teria sido um perigo de morte.

Morreu um homem importante. Tinha estado em Itália nas férias de Carnaval. A sua morte impressionou-nos. O problema não está apenas na existência de ventiladores disponíveis, na organização do sistema. Há vezes em que o vírus leva mesmo a melhor.

Quase fomos à Itália. Não consigo não me afligir porque estivemos a uma unha negra.

Deitar coisas fora, substituir produtos, ver diminuir as pilhas no frigorífico ajuda a ter uma compreensão do tempo a passar. Vejo com uma lupa o *Cotidiano*, cada movimento, gesto, intenção. *Todo o dia ela faz tudo sempre igual.* Vejo ao microscópio as ramificações de cada palavra, pessoa, memória, fantasia. De derivação em derivação. Tudo a vir por fora, água a sair do vasilhame, e assim sucessivamente.

Observo com atenção o lixo que produzimos. Há um ano, na casa de Providence, comprei um caixote de lixo, pequeno, com tampa, retangular. O meu lixo resumia-se a cascas de fruta no pequeno almoço. Comprei um caixote de lixo com tampa por causa do rato.

Poucos dias depois de chegar, vi uma ratazana morta junto à entrada principal da universidade. Atravessei na passadeira e vi-a. Soube, com uma certeza que não entendo de onde vem, que aquilo me ia acontecer.

Um pequeno rato apareceu-me aos pés da cama, imóvel, num tapete branco e felpudo. Provavelmente tinha comido veneno e estava a quinar. Nesse dia fiz uma barrela à casa daquelas que se faziam na Páscoa, para receber o Senhor. Até sachola se usava para levar a terra molhada. Isso na vida anterior aos seis anos, altura em que me mudei para Vila Chã.

Todas as noites levantava os lençóis num ápice, para ter a certeza de que não estava, naquele quentinho e macio, um rato. Se estivesse, o animal faria um movimento brusco, ágil, e eu desataria aos gritos. Embora não tenha sido isso que fiz quando o encontrei aos pés da cama. Fiquei de boca cerzida, com o coração a bater convulsivamente. Comprei palha de aço que os ratos não conseguem roer, ratoeiras de diferentes tipos, um difusor de ondas que os deixa *mad*, segundo a descrição da Amazon, e essência de menta, que também os deixa *mad*. Transformei o meu pequeno estúdio num bunker.

Levei ao limite a obsessão com a limpeza. O rato ficou como nódoa que não sai da minha estadia em Providence. Durante semanas, dormi mal, tive pesadelos. Um rato a subir pelas pernas, a entrar na vagina, um rato a ser comido pela boca, um rato a entrar dentro de mim e a roubar o meu aparelho reprodutor. O medo ganhou a forma de rato. Meses depois, na última noite em que dormi no estúdio, voltei a sonhar com o animal.

Encontro parecenças com este quadro em que vivemos. A ameaça existe, como uma névoa esverdeada que paira sobre as nossas cabeças. Fazemos a nossa parte: observamos todos os cuidados, não saímos de casa. E tudo não é suficiente para anular a sensação de asfixia.

Desde ontem deixamos à entrada os sapatos com que descemos e subimos os 128 degraus. E desinfetamos as mãos antes e depois. E não tocamos na parede nem no corrimão. Contudo, nos sacos de comida que nos trouxeram, nos quais peguei com luvas que logo deitei fora, haveria uma gotícula infinitesimal desta ameaça? O meu vestido terá sido contaminado? A mancha de desconforto e dúvida não sai, por mais que se lave o tecido.

Esta tarde, depois de uma reunião do Conselho de Estado, foi decretado o estado de emergência.

São 20h02.

Dia 7 do isolamento,
19 de março, Dia do Pai

Ainda não falei ao meu pai. Estão concentrados nele os sentimentos mais extremados que já experimentei. Um dia, quando for uma grande escritora, farei um romance sobre o meu pai, outro sobre a minha mãe, e só depois um sobre mim. Sou menos interessante do que o meu pai e a minha mãe. O problema é que não sei escrever sem ser na primeira pessoa, e por isso os livros sobre o meu pai e a minha mãe serão um reflexo de quem eu sou e do modo como os vejo no meu espelho.

Comecei a escrever um pouco além das seis, hora que estipulei como limite para pegar no diário. Não compreendo porque resisto se me faz sentir tão bem. Pode ser medo de não ser capaz.

Pela primeira vez, pus o despertador desde o começo da quarentena. Despertei às 8h25. A sessão de psicanálise foi às 9h15.

Vesti um casaco de veludo, mole, cor de Senhor dos Passos, beringela-escuro. Acho-o chique, mas as minhas irmãs, quando mo viram, perguntaram se andava de robe. Robe é uma palavra de Vila Chã. Roupão apareceu mais tarde, já em Lisboa. Uma vez que era um robe, levei-o para o hospital. Ficará para sempre como o casaco da manhã da operação. Mas pode ser que o dê e me esqueça por completo que um dia tive um casaco de veludo que usei na manhã da operação. É uma coisa mesmo minha: apagar qualquer vestígio e iluminar-me de espanto se, por acaso, encontrar no futuro uma coisa do meu passado. Isto foi mesmo conosco? Isto fomos mesmo nós?

A sessão foi especialmente boa. Parecia uma sessão de verdade naquele espaço que conheço tão bem. Entreguei-me e fui fértil e feliz, como no tempo anterior à doença. Durante os últimos meses, pensei em desligar-me, cortar. Ao menos reduzir para uma vez por semana. Irritava-me não ter o que dizer, repetir em cada sessão que me sinto estéril, não ser capaz de articular duas ideias, estar entrapada. Num bloqueio. Uma palavra óbvia, e nem essa me vinha.

Numa semana de clausura, tive dois sonhos. Os mesmos que tive durante os meses da doença.

Deveria ter escrito imediatamente, mas fui fazer o pequeno almoço e a limpeza semanal. Terminei com dores no pulso direito, parecia que estava solto, como o das bonecas que se desconjuntam. Se tivesse escrito, continuaria no mundo interno, digressivo, que está nas primeiras entradas do diário. Assim, faço uma apresentação do mundo externo e não descortino caminho que vá dar a esse porão onde me sinto tão bem.

Produzo pouco. Escasseia o tempo. Li um pedaço do *Léxico familiar* da Natalia Ginzburg. Gosto do seu modo quase infantil de escrever, lembra-me as redações da escola primária. O tempo que descreve: ali era o fascismo e o início da Segunda Guerra. Alguém pergunta pelos seus filhos, e a mãe responde: que importa se estão bem se vão acabar mortos por Hitler? Frase desesperançada. Aqui é uma guerra cujas armas não conhecemos ainda, nada se parece a nada.

Esta tarde ouvi três sirenes na rua. Pergunto-me se são ambulâncias do INEM,* alguém a asfixiar, um choro de quem não sabe o que fazer; ou se é a polícia a mandar para casa um espertinho que fura a quarentena.

Tossi um pouco durante a tarde. Chupei uns dez rebuçados, em vez dos dois diários que combinamos chupar. Ia dizer "mamei" dez rebuçados. Nunca uso essas palavras. Assumiram um tom duvidoso. Entendo que são de uma fase primitiva, a da oralidade, pedem seio e alimento, revelam carência. Ajudaram-me a controlar uma melancolia que se insinuou, espécie de fumo branco que alastra. E que me surpreende, porque o ânimo esta manhã era vigoroso.

Amanhã não vou mexer uma palha. Espero ficar na cama a ler e a pensar. Queria desaprender e concentrar-me numa essência onde me sinto eu. O receio é que, nesse núcleo, esteja uma coisa que não presta.

Passo a minha vida em casa, trabalho em casa, cirando pela casa, gosto de abrir as portas e ver a casa nova, tão bonita, tão bonita. Nunca sonhei ter uma casa não bonita. Abro a porta, vejo, inspiro, e com os olhos fecho a porta, mas deixo-a aberta, para passar e ver, continuar a ver.

A minha mãe chegou ao meu quarto, viu a mobília centenária e definiu melhor do que ninguém:

— Isto são camas de reis.

A minha mãe, que tem baixa instrução, tem umas fulgurâncias que me surpreendem.

Sempre me tive na mania. Achei desde criança que era melhor do que ela. Desde que aprendi a ler e a escrever, compreendi que a minha mãe dava erros de meia-noite, não sabia pronunciar as palavras, havia dias em que gaguejava um pouco. Afinal, ela fez o que eu não fui capaz de fazer: ter filhos e educá-los bem. Ensinar-lhes o amor, a solidariedade, a honestidade. Foi sobretudo ela. Do meu pai vieram outras coisas: a libido, um amor à vida, uma certa exuberância. Se eu tivesse tido filhos,

* A sigla INEM se refere ao Instituto Nacional de Emergência Médica, do Ministério da Saúde de Portugal. (N.E.)

não sei se saberia ensinar isso, fazer deles pessoas felizes, com recursos, que amam o outro e o dia de amanhã.

A casa está viva. Matei uma traça com as palmas das mãos e encontrei uma aranha pequenina. Deitei fora os malmequeres e vou experimentar manter as rosas sem água. Até as orquídeas rebentarem. Deve estar quase.

Dia 7 ou 8? Dia 20, começa a primavera

Há uma semana completa que estamos aqui. Dia 7 ou 8 do isolamento? Já não sei bem a quantas ando. E já gastei tanto papel, como diz o Bentinho Casmurro ou o Brás Cubas, ou ambos, escrevendo as suas memórias. Será prudente poupar papel, que recursos? Os dois autores ficcionais conheciam o fim da história. As suas memórias eram *póstumas* ou *ligavam as duas pontas da vida*. Eu não sei nem antevejo o fim da minha e da nossa história. O começo da quarentena fica do outro lado do planeta. Por isso é tão importante manter rotinas e os compromissos do exterior.

As duas sessões de psicanálise, lá fora como agora, são âncoras que me ligam à realidade exterior, mesmo que o movimento seja em direção a uma realidade interna. Também tem graça que a palavra âncora aponte para o mar, e quando a uso para descrever essa ligação o movimento seja horizontal. É um risco para o lado, e não um risco vertical, para o fundo.

Repeti um lapso: escrevi livro quando queria escrever lixo. É expressivo do meu medo de que o que escrevo sejam dejetos, caixas vazias, plásticos que entopem a boca dos peixes nos oceanos, guardanapos de papel amarrotados. (Estamos a evitar os de pano para não termos de os lavar, tirar nódoas, passar a ferro. Detesto os guardanapos muito fraquinhos, de meia folha. Sinto pena dos que não têm dinheiro para guardanapos mais consistentes.) Tudo espremido, o que sobra no fim do dia? Laranja seca. Lixo que não é orgânico, se ao menos fosse orgânico, semente de uma germinação qualquer. Obrigo-me, férrea, a escrever, e hoje tenho muito sobre que escrever.

Dia longo.

Acordei às oito. A cama range, o que me desconcerta. Os lençóis estão em bom estado. Não tenho tido grandes suores durante a noite, daqueles de acordar e sentir linhas de suor a escorrer no peito, na barriga, a partir dos ombros.

Uma das últimas coisas que fiz antes de me fechar foi tomar a injeção mensal na barriga. Há mulheres que sofrem tanto com esta toma que pedem uma pomada anestésica. A mim não me dói quase, quase nada. São uns segundos de líquido grosso, um implante introduzido no subcutâneo, uma agulha que deve ser como aquela com que me fizeram a biópsia. Que doeu um bocadinho.

Estou a aprender a viver com esta menopausa induzida, rápida como um réptil, no pavor de ficar gorda, muito gorda, obesa. Tudo o que quero é ser magra, cada vez mais magra. Receio sair monstruosa, deformada desta clausura, apesar de comer como um passarinho. Tento infligir-me castigos, inibir-me não só de comer como de ter fome. Ontem tive um bocadinho de fome ao fim da tarde, comi umas nozes e alperces, fiz um lanche pelo qual me puni um pouco, porque era escusado.

Nos Estados Unidos, perdi peso, ao contrário de toda a gente. Comia pouco, jantava duas barras de sementes e iogurte de baunilha, que racionava, colherinha a colherinha, como se fosse leite-creme. Era tão bom quanto leite-creme. Estou tão disciplinada, anos de paulada na tola, que não sonho, sequer, com doces. O máximo a que chego é chocolate preto, 85% cacau, um doce uma vez por semana ou uma vez por mês. Hidratos uma vez por semana, mais ou menos. Às vezes dou uma trinca num pão com manteiga e percebo que não posso sequer dar uma trinca, porque isso me lembra como pão com manteiga é bom.

Gosto de me medir comigo e ter a certeza de que consigo dominar-me. Eu é que mando. Assim como quando somos crianças e fazemos várias vozes e diálogos imaginários dentro de nós.

A minha mãe — quem mais? — sempre foi uma fanática das dietas. Magreza era um sinônimo de elegância e juventude. Passei anos a criticá-la, a implorar que não comesse apenas uma tigela de leite com alguns flocos ao jantar, e agora faço igual.

Se vivesse sozinha, chegaria aos 45 quilos da minha mãe em poucos anos. Pode ser que daqui a 22 anos, com os setenta anos da minha mãe, eu tenha 45 quilos.

Comecei o ano a pesar 58. Perdi quatro quilos durante os meses de doença. Entretanto já engordei não sei quanto e fico furiosa como se caísse da trave, perdesse a concentração, sucumbisse à fome. Tenho tido a preocupação de me vestir bem, em casa, de não andar feito pandorga. Desde a doença e desde a última semana preocupo-me especialmente com a imagem. Não tarda ponho brincos.

Odeio-me por prestar atenção a coisas parvas. Eu devia passar negligente por um espelho, sem reparar na sujidade, na desordem, direta aos meus livros, às coisas profundas para que tenho boa cabeça. E desperdiço a boa cabeça com a vaidade, a trampa que tenho dentro de mim.

Derivei para esta conversa de chacha e não fui ao dia.

Depois do pequeno almoço, vi imagens da Terra, num livro-diário que tenho sobre a secretária. Muitas dessas imagens são de lugares pobres. O mundo está cheio de pobres. O mundo a desfazer-se numa hecatombe sem comparação e eu entretida com a ideia de ficar obesa. Seja como for, não consigo ser outra pessoa e, numa semana, anular tudo o que é supérfluo, risível, estúpido.

Ideia bizarra que me ocorre pela primeira vez: se eu acreditasse em Deus, acharia que o câncer foi um raio que Ele me mandou por eu ser tão nauseabunda. Tem dias em que causo náusea a mim mesma.

Neste período de clausura, em que vamos estar mais à flor da pele, irascíveis, desatinados, com dentes à mostra, vamos descobrir-nos como aqueles cães assassinos a quem eu daria um tiro sem piedade. Vamos matar-nos uns aos outros e vamos ser mortos por quem temos por perto. Por incrível que pareça, isso vive particularmente bem com o medo de morrer, com a ameaça que nos confina nas nossas casas.

Saímos de casa. Saímos para descer os 128 degraus, mas não os subimos de imediato. Fomos de carro ver a cidade através do vidro. Se nos parassem, diríamos que íamos ao supermercado. De acordo com as novas regras do estado de emergência, os maiores de setenta anos não devem sair de casa, nem aqueles que estão num grupo de risco.

Pedi que fôssemos muito devagar para saborear cada metro das ruas. Choveu e a cidade estava triste. Quis ver o jardim do Príncipe Real.

Na nossa antiga rua, não me lembrei de olhar para a casa onde fomos felizes por dez anos. Pensei na Vanessa e no Franklin, os arrumadores da rua, que vimos para cá e para lá, na estrada e na droga, ora a perderem os dentes, ora a ficarem mais vigorosos ou de bunda grande (a Vanessa). O Franklin esteve preso seis meses e disse-nos, em vésperas do Natal, que a cadeia não era para ele, não era, aliás, para ninguém. Hoje pensei se não seria melhor estarem presos. Ao menos, tinham casa e comida. Ideia idiota. É mesmo de quem não percebe o que é estar preso ou andar na rua à cata de um euro. A Vanessa tinha qualquer coisa. Alta, um farrapo. O Franklin tinha a mesma magreza cadavérica, mas exibia uma vitalidade que não sei de onde vinha.

Maravilhamo-nos com as copas do jardim da Estrela. Quis ver o rio. O impacto não foi o desejável, porque estava um borrão, uma mancha indistinta por causa da chuva. Com surpresa, constatamos que as árvores estavam a despontar em momentos diferentes. No mesmo corredor, havia umas já verdes e outras que mantinham a ossatura do inverno à mostra. A mesma árvore, uma ao lado da outra, numa era primavera, noutra não. As pessoas também são assim.

Quase não havia pessoas na rua.

Sair de casa fez desvanecer as nuvens com que saí. As discussões desapareceram, depositei-as na outra margem do rio.

21 de março,
Dia da Poesia, sábado

Hoje é Dia da Poesia. Se eu tivesse tempo, mergulhava nos cantos d'*A divina comédia*. Parava na imagem de sangue a correr nas ruas em Florença. A peste negra era uma coisa recente na vida de Dante.

Hoje não vamos ao mercado do Príncipe Real comprar legumes e frutos secos.

Hoje não vou à Cinemateca ver um conto do Rohmer.

Já deitei fora as rosas. Estavam a enervar-me de tão feias ou mortas.

Acordei a pensar que devia perguntar à minha mãe quantos dias se deixa o bacalhau a demolhar. Há anos que não punha o bacalhau a demolhar. Acabei por decidir sozinha que três dias e três noites é o tempo certo. Daqui a pouco telefono a perguntar se fiz bem.

O domínio da casa é um lugar possível de cumplicidade. A minha mãe gosta de me poder avisar que os iogurtes do Lidl estão em promoção. A minha vida esta semana foi a vida da minha mãe. Fazer a lida da casa, cuidar do meu homem, fazer com que a vida apareça feita, como se já nascesse assim: limpa, organizada, as coisas nos seus lugares.

Mudo de página como quem muda de dia. O dia ainda é o mesmo. Tudo assume a forma de contínuo.

Olho de soslaio para as fotografias dos meus anos, quando a nossa vida estava dominada pela doença. Esse era o cutelo sobre a minha cabeça.

Doença como metáfora da Susan Sontag. Mais um livro que quero ler.

Tenho pensado nos livros da Svetlana Aleksiévitch. Por falar em distopias. A radioatividade de Chernobyl, como a pandemia, não se vê e está em todo o lado. Não esqueço a imagem das abelhas que deixaram de zumbir durante dias ou do leite contaminado.

O que me lembra o leite contaminado do seio da Maria da Graça.

O leite materno é mágico e nunca o vou produzir.

Bebi pouco leite materno porque a minha mãe tinha um leite aguado, que não prestava (palavras da minha avó e da minha mãe). Passei para a mamadeira ao cabo de um mês, larguei a chupeta quando tinha um ano. Tenho prazer em fantasiar-me brava, autossuficiente, a recusar a tetina de substituição. Uma pessoa vive destas fantasias.

Tenho andado enredada na fase oral e na fase anal. Depois de semanas a refletir sobre o assunto, acho que o psicanalista tinha razão quando dizia que não queria submeter-me à minha mãe e me escapulia para debaixo das mesas e camas para as necessidades. A nossa relação com o poder constrói-se nessas experiências primordiais.

Escrevo sobre esses assuntos e questiono-me sobre a facilidade com que escorrego para esse ninho. Estou muito consciente da extrema gravidade desse momento, da catástrofe em que nos achamos. Não é exagero visualizar imagens bíblicas de destruição. As pragas do Egito: impressiona-me que incidissem na vida dos animais e dos solos, que as pragas de gafanhotos ou moscas trouxessem consigo a infertilidade, a escassez.

Deméter, deusa-mater, mãe da Terra, e por isso símbolo da fertilidade, também deixou o mundo na aridez. Perséfone, a filha, havia sido raptada pelo tio, com a conivência do pai, e ficou presa no Hades. A praga que Deméter enviou foi a seca. A fome. Até ver de volta a sua filha.

O que mais me perturbou na leitura das pragas do Egito foi a morte de primogênitos. Porque essa morte representa a ausência de descendência, de futuro, de mundo.

Escrevo e escorrego para este ninho. Pode ser uma forma defensiva de lidar com o medo e o desconhecido. Escrevo sobre aquilo que me angustia menos e faço a catarse de um ano em ebulição.

Hoje é sábado e vou forçar-me a ver um filme. Ontem quis ver *Roma, cidade aberta*.

Hoje vamos comer bacalhau.

Hoje vamos fazer uns exercícios. Além do subir e descer escadas, nada. Não tarda estamos muito rígidos e não podemos fazer massagens. Este ambiente tenso concentra-se no pescoço. Estamos paralisados em casa e o imobilismo contrasta com a agitação que se passa dentro de nós, com a aceleração dos hospitais.

Umas horas mais tarde. Outra página. Mesmo dia.

Revejo fotografias dos meus anos, dias depois da cirurgia. Estamos tristes e a forçar o desejo de celebração. Não é difícil detectar uma ruga de preocupação nas nossas caras.

Nos últimos dias, depois de a doença dominar as primeiras entradas no diário, não tenho pensado nela. A doença surge-me como um acontecimento secundário, aparentemente resolvido. Estou errada. Essa impressão é falsa. Mas o que me angustia é aquilo que se pega, a sarna que não se vê.

Na primeira classe da escola primária brincávamos no recreio:

— Quem tem a sarna és mesmo tu.

Quando cheguei a Vila Chã, ninguém sabia o que era a sarna. Em Lisboa diz-se brincar à apanhada.

A sarna. A lepra. A peste. Tudo tem um parentesco com esse vírus. Que sempre nos pede distância. E é invisível. Não podemos ser tocados pela pessoa que tem sarna. Senão perdemos.

Onde estará, onde estará? Em que parte de nós, do instante, da Vida se transmite aquilo que pode ser fatal?

Vejo as fotografias dos meus anos. Ali estou eu, preocupada com um cancerzinho de merda, aflita com a possibilidade de engordar ou perder o cabelo.

O Bolsonaro desvalorizou o vírus e argumentou que não é uma gripezinha que o vai derrubar. Só de pensar na catástrofe que vai ser no Brasil, no meu Brasil sem Estado Social, sem lugar para cercas sanitárias...

O Trump tentou comprar a patente de uma vacina em que os cientistas alemães estão a trabalhar. Não há verme igual.

Esses e alguns outros deviam ser julgados por crimes de guerra.

Que sorte viver em Portugal, ter um governo socialista. A Europa disse para injetar dinheiro na economia. Como vamos viver daqui a três meses, apesar das medidas e dos apoios às famílias e empresas?

Já começaram a explodir os casos de violência doméstica. Vai ser uma tragédia. Animais enjaulados.

Não suporto ver uma cena de violência, um murro. Tenho medo de levar com ele.

A raiz desse medo é diferente da raiz do medo do que é incognoscível. Ainda que seja sempre medo. Um solo diferente que dá pedras semelhantes. Lá no fundo, na ramificação, talvez deem as mãos.

Dia ? do isolamento, domingo, 22 de março

Hoje é domingo e parece um domingo igual aos outros. Uma certa indolência, tempo a escorrer mais devagar. Diminuíram as comunicações com os amigos e a família. A mesa é o centro da casa. Vivemos numa mansão desde o dia 31 de dezembro.

Nessa mansão, as obras foram tão fuleiras que as persianas não têm corda. É preciso puxá-las cada manhã com a mão. Quase todas as janelas têm rolinhos transparentes. Nos quartos há também, sob o rolinho transparente, um rolo opaco que impede a entrada de luz. Nas persianas, o encaixe das ripas não é perfeito. Mas o desenho da luz que se escapa das frinchas é bonito.

Transformei num exercício para o meu desvalido braço subir e descer os vários rolinhos e persianas. Coisa de nada, melhor que nada.

Por esses dias, constatei que a limitação de movimentos que decorreu da cirurgia está resolvida. Não tenho esticões, não me falha o braço. Na primeira semana, pegava no jarro da água com a mão direita e sentia puxar no lado esquerdo.

Essa manhã, vi-me de raspão ao espelho e detive-me nos sinais ainda visíveis da doença. Uma mancha tênue da radioterapia, como se tivesse apanhado um escaldão. Um vestígio esmaecido do azul que já tive no mamilo, e que era cobalto, vibrante, como a cor do céu nos dias mais bonitos. Afeiçoei-me a esse azul, inventei que era um adereço de sereia, uma ficção de criança que acredita em criaturas mitológicas. Por mim, ficava com ele para sempre. Resta um azul muito, muito pálido. E a memória de ter feito um xixi azul-escuro horas depois da cirurgia, e outro azul não tão escuro na manhã seguinte. Ou foi da anestesia ou foi do contraste.

A marca que não se apaga da cirurgia é a cicatriz, um corte vertical no sentido do braço, fina. Foi essa a porta de entrada, a fenda a partir da qual me extraíram um tumor de nove milímetros, vinte gramas de tecido e massa tumoral.

Daí a dias, na confeitaria onde me permiti um pão com queijo, pus-me a sopesar o miolo do pão, a tentar compreender o que são vinte gramas. Pedi que pesassem uma porção na balança do fiambre e surpreendeu-me que não chegasse aos vinte gramas. Desisti porque não havia comparação entre a consistência do miolo de pão e os tecidos do meu corpo.

A imagem dos vinte gramas acompanhou-me durante uns tempos. Há meses que não pensava nela.

Na noite da cirurgia, a oncologista sossegou-me:

— Já não está em si, está numa caixinha. Já não pode fazer-lhe mal.

Ontem fui parva quando escrevi que estava preocupada com um câncerzinho de merda. Fui feroz comigo. Como se me mordesse, como se fosse um cão a morder-me. Desvalorizo a minha força, ser capaz de não sucumbir, a determinação com que olhei para o problema.

A fobia aos cães, a fantasia de que me agridem e desfiguram, pode radicar numa construção muito arcaica de quem eu sou, num bebê que teme arrancar com os dentes o mamilo de onde suga a vida. Posso estar a reproduzir mal aquilo de que às vezes falo com o psicanalista. O pavor dos ratos insere-se também neste trauma: o de trincar, destruir. Em suma: na expressão da agressividade.*

Além dos sinais visíveis do que se passou, há muitos outros, arrumados no porão. Que é feito da minha libido, por exemplo?

A terapia hormonal atira o desejo sexual pela ribanceira abaixo. O elevador vai para o piso –10.

A libido é a própria vida em ação. A vontade de viver. Qualquer coisa que nos atira para o dia seguinte. Que nos faz delinear planos.

Há instantes li a palavra masturbação e estanquei nela. Há muito tempo que não me masturbo. Há menos tempo do que isso tenho orgasmos, prossigo com um corpo para quem o sexo não morreu. Mas cadê o frenesi, a disponibilidade para fantasiar, o simples desejo?

Houve uma sessão de psicanálise em que estava tão sôfrega que tive vontade de me masturbar. Foi há anos, dois ou três. Fui interrompida pela sensação de que só um orgasmo poderia aquietar a febre com que encarava a vida. O corpo precisava de acalmar o que em mim fervia. Falaria de quê? Era de certeza uma coisa boa, exaltante, mais exaltante do que excitante. Era uma energia vital de estar viva e de gozar o estar viva. Que me lembre, foi a primeira vez que senti que podia masturbar-me e que isso não era consequência de sentir desejo por uma pessoa. Ou sim: era um desejo por mim mesma.

Tive coragem de o dizer ao psicanalista. Com grande naturalidade, aliás. E ele recebeu-o como era. Ouviu-o como se lhe tivesse dito: sinto-me viva.

Tenho sentido nesses meses um enorme prazer em estar viva. Tudo me parece mais nítido e mais belo e mais sensível.

* Nota da Filha do meu Pai: Sonhei que haviam recortado, em cirurgia, os mamilos da minha mãe. A crosta do seio era láctea, lisa, sem brecha. Não havia onde sugar. Nem ferrar.

Recrudesceu a vontade de viver, fazer coisas, descubro-me voraz. Terminada a radioterapia, queria passear no jardim, estar com pessoas, ver filmes, fazer viagens, ir às compras, arrumar a casa nova, e que tudo coubesse na mesma tarde. Coexistia com essa fome rapace um embrutecimento de tudo, em particular da faculdade de pensar, sonhar, criar. Sentia-me burra, o meu solo estava seco. Nem pedras tinha. Nem grutas nem minas, onde tudo é onírico e fecundo, apesar de escuro e um pouco assustador. Só me aparecia aquela terra gretada, fendas, um escuro que oprime.

A minha libido exprime-se agora assim: escrevo, sou capaz de pensar em minas onde tudo é onírico e fecundo. Ocorrem-me outras imagens idênticas: uma laje que se destapou um pouco e que deixa à espreita o interior da terra. Quer dizer, transitei do inverno para a primavera e estou como as flores daqui de casa: em botão. Ah, quando tudo isso passar, serei flor aberta, viçosa.

Fui buscar um cálice de armanhaque.

"Estás bonita, estás", diz a Vanda à irmã no filme do Pedro Costa, *No quarto da Vanda*, quando a Zita consome em excesso.

Espero nunca me transformar numa bêbada. Seria o desgosto supremo.

Desde que comecei a escrever, acode-me que estamos salvos. Ontem à noite pensei que estamos salvos. No essencial, estamos salvos. Estava já deitada quando me iluminei: estamos salvos. Isolamo-nos há dez ~~anos~~ dias em casa. Não parecem dez anos, talvez pareçam dez semanas. Se não temos nenhum sintoma de covid-19, quer dizer que não estamos infectados. Se estivéssemos, já teríamos febre ou tosse ou deficiência respiratória. Trata-se de persistir nesta terapêutica, que se resume a estar longe, diminuir riscos, observar uma forma maníaca de viver. Não tocar, lavar as mãos, as superfícies, re-lavar. Resistir.

Se continuarmos saudáveis até ao fim, demore o isolamento o tempo que demorar, só precisamos de ser resistentes psicologicamente, duros, aprender a viver este quotidiano. Isto no mapa interno, no conforto da casa-mansão, da relação amorosa. O caso muda de figura quando movemos o olhar para o exterior, onde os problemas são monstruosos e de diversa ordem. A economia. A saúde. Os caminhões militares a levarem os caixões em Bérgamo, os carros fúnebres que já não chegam para as encomendas. Pessoas que morrem sozinhas porque os familiares correm o risco de infecção ou estão infectados. Pessoas que não podem ser veladas. Morrem oitocentas pessoas por dia em Itália.

Quando tudo isso passar, vamos ser efusivos como nos dias que se seguiram ao fim da Segunda Guerra. Vamos viver um luto coletivo, chorar as perdas de tantos, de uma parte de nós, de uma vida que ficará para sempre enterrada, porque tudo mudará de lugar. Teremos até a culpa do privilégio, de sobreviver, algo a que podemos chamar uma culpa originária: por sentirmos libido, porque não nos levaram ainda.

Fiz de almoço brás de legumes e camarão. Vesti umas calças justas. O 36 continua a servir-me. De manhã, subi e desci os 128 degraus, duas vezes. Uma não chega. Vou repetir daqui a nada. Racionei as últimas páginas do *Léxico familiar*. Achei graça ao pai da Natalia Ginzburg, que vociferava o tempo todo e insultava os filhos, a mulher e os amigos. Chamava-lhes burros. Interrogo-me se na língua original, italiano, a palavra será *bruto*, embora bruto seja feio... qual seria?

O posfácio é muito bom, introduz uma perspetiva crítica com que não me preocupei na leitura do livro, só entregue ao puro prazer de o ler. Dou-me conta de que estou longíssimo do modo acadêmico de funcionar. Tenho de trabalhar no doutoramento, ler dez vezes mais do que agora, ou mesmo cem, e com o lápis aguçado, noutra direção. Não posso perder o meu fulgor, esta cintilação que encontro nas coisas e que é minha, impermeável a um certo jargão que me deixa invejosa e saturada. Pode ser que neste fulgor de leitora esteja sobretudo o da escritora, que ainda não sou, mas sou. A minha essência.

Aquela singularidade que me permite identificar o que só os meus olhos veem.

O mais provável é que, resolvida a tese, escreva um romance que será um pão sagrado que se ladeia com as mãos, corpo parido de outra gestação. Esse é que será o meu corpo.

Do posfácio sublinhei palavras e expressões que se adequam ao ritmo destes dias. "Pequeninos nadas", expressão de Manuel Bandeira. Ressonância, comezinhas, dialeto, partitura, vísceras, apocalíptico, ruína.

A descrição dos fatos desses dias, um dia, vai constituir o dialeto do isolamento. Uma linguagem que só pertence a este contexto, que só nós, que vivemos o medo de morrer e o horror da desesperança, dominamos com proficiência. Caber no 36, a comida que comemos farão parte das coisas comezinhas. Serão a normalidade em tempos de exceção. Formarão um dicionário de palavras que nos caem como batatas quentes nestes dias. Granadas. Que faremos com elas, que faremos conosco?

Dia 11 do isolamento, segunda-feira, 23 de março

Ontem senti saciedade depois de escrever. Estou a cair mais em mim.

Pode ser que a indolência de hoje seja afinal a prostração que se segue ao orgasmo. O dia de ontem foi vibrante, criativo, a escrita sem direção e impetuosa.

Reli o texto de ontem porque tive desejo de o partilhar com três amigas. Foram as primeiras leitoras (se excetuar o João) e gostaram muito de o ler. Escrevemos para ser lidos, embora me faça mal, nesta fase, pensar que o diário possa ter outra função que não a catártica, ou que extravase o circuito dos amigos. Não posso inibir-me na pulsão de escrever, não posso ouvir o eco que chega da rua, saber-me risível, imaginar patadas. O pressuposto do sigilo, da clausura, da intimidade é-me necessário ou mesmo indispensável.

Surge-me a hipótese de sentir hoje dificuldade em escrever justamente porque houve esta fuga para o exterior. São amigas muito queridas em quem confio, enviei porque lhes quis dar um presente. Mas qualquer coisa me anuncia que devo manter-me secreta.

São 19h33.

Estar fechada expõe de modo flagrante as vulnerabilidades, as obsessões. Pano de fundo: sempre o medo de morrer. Que é sempre o nosso pano de fundo. Só que dessa vez não é uma formulação retórica, um pano atrás de outro e de outro, escondido ao fundo do palco nesta nossa peça de teatro. Agora essa tela está mais perto de nós, é cenário firme. Só queremos não chegar demasiado perto.

Vemos os números a aumentar, velhinhos a morrer, notícias sobre infecções em lares. Temos mais dificuldade em não ver a catástrofe social, a fome que alguns sentem já, o desemprego. Conhecemos as imagens da Grande Depressão depois de 1929: será assim? Será como n'*As vinhas da ira* que vi na televisão quando era pequena?

O gasolineiro impante:

— Quantos litros?

Fantasio a bomba de gasolina reluzente, acabada de estrear, o novo mundo concentrado ali. A família paupérrima, em mais uma mudança, em mais uma tentativa, traquitanas às costas, esforço hercúleo para não soçobrar. Quantos litros.

— Um.

Aquele grau de pobreza perfurou-me até ao osso, a ponto de a recuperar neste instante. A pobreza da minha vida não tinha nenhuma semelhança com aquela. Era uma pobreza de nunca haver dinheiro. Não era uma pobreza de fome. Nunca passei fome.

Pus uma máquina de roupa branca a lavar. Dobrei umas peças que estavam secas. Não vou passar a ferro. Percebi nos Estados Unidos que não é preciso passar quase nada a ferro. Limpei o pó com uma flanela. Não aguentava ver uma camada onde se podia escrever o nome na mesa de jantar. Aqueci uns restos, sopa de ontem, lascas de bacalhau, batatas cozidas. Os nossos vizinhos ofereceram-se para trazer comida, vão ao supermercado quase todos os dias para abastecer várias casas, a sua e as dos pais. Ainda temos comida para umas semanas, fruta incluída, e legumes agora cozidos, e pão congelado.

Liguei para casa. A minha irmã mais nova e a minha mãe faziam um bolo, batiam claras em neve. O meu pai tinha passado a manhã na cama, sentia-se cansado. Está com umas barbas brancas do tamanho das do Moisés! Freud esteve em frente ao Moisés do Michelangelo duas semanas, a contemplar, a ponderar, a decidir. Depois, separou as águas da psicanálise.

De repente ouvi o pai do Brás Cubas no meu ouvido, quando interrompe o luto na Tijuca e diz ao filho: "Isto não é vida".

Isto não é vida e fui mirar a estante machadiana. Tirei um livro com que tive contato na biblioteca central da Brown, *A biblioteca de Machado de Assis*. O ano passado, procurei vestígios da leitura de Machado das conversas entre Goethe e Eckermann. O meu fito era outro: queria saber se Machado saberia que Goethe, aos 73 ou 78, pediu em casamento uma menina de dezessete. Um último sopro de vida. Foi recusado e nunca mais voltou a Marienbad, a estância termal onde o idílio se desenvolveu.

Machado tinha esse livro de conversas, sim. Tudo lido em francês. Aprendeu alemão depois dos cinquenta, crê-se que para ler Schopenhauer no original. Hoje detive-me na atenção que prestou a Stendhal. Há tantos anos que não leio Stendhal. Chamou a minha atenção que tivesse um diário do escritor francês, uma autobiografia, páginas que têm parentesco com o tom memorialista posterior ao *Brás Cubas*.

Li um ensaio sobre Carolina, a mulher de Machado. Fiquei curiosa. Como seria a relação entre uma branca e um negro naquele Rio de Janeiro? Ela mais velha do que ele quase cinco anos. Consta que não era virgem e que já tinha inclusive feito um aborto. Em boa verdade, não se sabe quase nada. Todos os traços de vida comum, correspondência, tudo o que os pudesse desnudar, foi destruído. Sobejaram três cartas. Digo isto de cor. Podem ser quatro cartas. Não vou confirmar.

O amor entre diferentes é fascinante, e suscita estranheza.

Ontem morreu o marido da minha amiga Cândida. Um câncer. Em novembro, a Cândida disse-me que tinha acabado de saber que era incurável e que estava desfeita. Têm uma filha, catorze ou quinze anos, que é muito esperta e toca violoncelo.

A palavra desfeita acompanha-me. É ser ou estar menos que uma camada de pó. De que cinzas se vai reconstruir? Da filha, com certeza.

Eu vou estudar os filhos em Machado de Assis e não terei filhos. O núcleo de onde tenho de erguer a minha vida, depois da doença, depois da pandemia, depois do que há de vir e é impronunciável, é o mesmo de Machado, que não teve filhos. A escrita.

Dia sei lá quanto do confinamento

A Aurora contou-me o drama de uma cientista que está em Nova York. Foi ao laboratório e teve de matar todos os animais. Assumi que fossem ratinhos, mas podem ser quaisquer outros. Já ninguém ia lá. Imaginei-os a morrer à fome, e antes disso a matarem-se, vampirizando o próximo. Impossível não ver nisto uma metáfora da violência destes tempos.

A Joana e o João têm seis filhos. Estudam a partir de casa numa mesa desarrumada. A legenda do Instagram sublinha isto: a vida é sempre menos arrumada do que imaginamos. Há um surto de piolhos entre as crianças. A minha mãe atacava o problema dos piolhos com Mafu. *Mafu, Mafu, mata moscas, melgas e mosquitos, Mafu mata bem e mata mesmo, Mafu, Mafu, Mafu, é o seu inseticida*. Aplicava o Mafu rente ao couro cabeludo, chchhchhchhchhch. Depois atava uma fralda à volta da cabeça, amarrava bem, até magoar. Na manhã seguinte, olhávamos com prazer e susto para a fralda, contávamos os piolhos, conferíamos a extensão do desastre. O pior eram as lêndeas, em especial no meu cabelo comprido. Essas não morriam com Mafu, era preciso arrancá-las uma a uma. No caso de estarem vivas, faziam um estalido quando eram mortas entre as unhas dos polegares.

A minha mãe era um gênio.

A avó da minha afilhada tem Alzheimer. Anteontem fugiu de casa ou saiu para passear e não soube o caminho de regresso. As filhas foram à sua procura. A Ana Ester sofre em silêncio pela avó que não pode visitar. Se ela morrer, não a pode velar. A dor do luto vai ser sufocada.

A minha irmã acordou cedo e às oito estava à porta da mercearia. Comprou fruta, legumes e pão e gastou 28 euros. Diz que vai sair da quarentena saudável e pobre. Ser saudável custa muito dinheiro.

Olhei para as minhas orquídeas em botão e lembrei-me do disco do Stevie Wonder *Journey Through the Secret Life of Plants*. Muito está a germinar nesta fase da nossa vida, mesmo que em segredo. Muita coisa está a acontecer nas casas fechadas, na casa fechada que é a cabeça de cada um de nós. Não perder o tino, não permitir que brote o pior de nós é um desafio no qual temos de nos implicar.

Perto de Vila Chã, há um lar que tem vinte pessoas infectadas, entre idosos e funcionários. Chama-se Nossa Senhora dos Aflitos. Chamavam-lhe "o asilo" quando eu era pequena. Entrei lá à procura de hóstias que não estavam consagradas. A minha casa ficava numa rua paralela. A nossa vizinha do lado direito — como se chamava? — trabalhava no asilo. Dava refeições aos velhinhos. Do que me lembro bem é que tinha uma filha deficiente que gostava muito de mim e que tinha muita força. Às vezes brincávamos — como se chamava a filha? — e por fim a mãe arrancava-a de mim percebendo a minha claustrofobia. Também tinha um filho mais velho, que estava na Casa do Gaiato ou Obra do Padre Américo, uma instituição, e que vinha nas férias.

A notícia mais triste do dia veio de Espanha. Havia velhos a dormir ao lado de cadáveres. Os nossos velhinhos estão a cair que nem tordos. Vi uma mulher, imaginei que fosse filha, a abraçar um caixão.

Pus a lavar uma máquina de escuros.

Dormi até as 10h.

Às 11h fui tomar banho e passei esfoliante.

Tive sessão ao meio-dia. Falei da importância de estarmos deitados. Nessa posição estamos mais perto do sono e do sonho, atirados para as profundezas do inconsciente, menos expostos a outros estímulos sensoriais. Tudo isso é exponenciado pelo fato de estar de olhos fechados. É a realidade interna aquela que vejo. Ele concordou em absoluto com a minha interpretação.

O psicanalista está potencialmente naqueles caixões que são levados pelos militares, em Itália. A consciência da sua finitude, do perigo, fez-me chorar.

Muito frequentemente, no fim das sessões, telefono à minha mãe. Telefonei esta tarde, demorei-me na atenção que lhe dei, fui delicada. A minha mãe mostrou-me todas as coisas que tinha limpo à mão. Aquela porta que não parecia a mesma, vidros da cozinha, superfícies. Tinha um ar vigoroso, o que me sossegou. Ela e o meu pai fazem um passeio higiênico por um caminho onde antes existiu uma linha de comboio. Sustêm a respiração e conseguem respirar sem dificuldade.

Tenho cada vez menos vontade de frivolidades. A gravidade baixa sobre mim, ou sobre todos, apesar de as coisas correrem razoavelmente bem no país. Sem comparação com Itália e Espanha.

Meia-noite agora. Isto era para ser só uma lista de fatos do dia, sem movimento errático. Amanhã, se conseguir voltar a esse lugar, falo da sessão de análise. Já não esperava escrever hoje, ainda bem que me forcei.

25 de março

Amanhã completar-se-ão os catorze dias de quarentena. Nós por cá, todos bem.

Dizia-se isso na guerra colonial? A troca de correspondência entre os meus pais, nos anos em que o meu pai esteve em Angola, era assídua. Faz parte da minha infância uma enchente de fotografias do meu pai, no mato, na caserna. Boa parte são a preto e branco, outras têm uma coloração azul ou lilás. O meu pai está entre a população negra, mulheres com as mamas dependuradas, palhotas, sobas. Bazófia do meu pai:

— Entregavam-me as filhas, as mulheres que eu quisesse.

As que a minha mãe mandava para África eram a cores, inocentes. A minha irmã e eu vestidas de anjos na procissão, eu a chorar no estúdio do fotógrafo, por instantes entretida com uma caixa de medicamentos. Há uma fotografia em que a minha mãe não saiu a tempo e o seu corpo a fugir está ainda visível. Envergava uma peça de roupa com um padrão geométrico. Ela compõe o cenário, as figurantes somos nós.

O mais importante dessas fotografias está no verso. Ali está, na caligrafia cambada de pessoa de poucos estudos, a dedicatória da minha mãe para o seu homem. O que ela lhe entregava, com orgulho, eram as filhas. Escrevia em seu nome:

— Para o meu papá, com muitos beijinhos.

Outra recordação límpida da infância: a repetição do que tinha vivido, do combate, de haver bombas de napalm, ao contrário do que diziam. O meu pai parecia um galã em certas fotografias, de tronco nu e empunhando uma guitarra preta. Cantava comigo umas canções que remetiam para esse tempo. "Os vampiros", de Zeca Afonso.

"Eles comem tudo, eles comem tudo, eles comem tudo e não deixam nada."

E uma canção que era um lamento furioso e que terminava assim:

"Merda, merda, merda, merda."

Era um pranto onde se espumava raiva e dor.

Quando passaram quarenta anos sobre o 25 de Abril, dei-me conta de que o meu pai não estava quando comecei a andar e a falar. Tinha meses quando ele foi para a tropa. Essa era a condição de milhares de crianças. A compreensão dessa ausência, do trauma, da orfandade é uma coisa que só agora começa a ser escalpelizada nos estudos sobre o colonialismo. Escalpelizada é mesmo aquilo que quero dizer: abriu-se uma porta para a cabeça, fez-se um lanho, alguns começaram a entrar, muito começou a sair.

Esse pai das fotografias, que é vigoroso, que exibe uma energia solar com que me bafejou, não tem qualquer afinidade com o pai das barbas que há dois dias vi na tela. O meu pai já era histérico. Mas era uma histeria que fazia acontecer. Hoje é uma histeria triste de quem envelhece e suplica que o ouçam.

Enquanto o meu pai lutava no mato, a minha mãe poupava dinheiro. Mudou-se conosco para casa da mãe dela. Trabalhou de sol a sol.

Isto que é o meu substrato, e que é a história do país nos últimos cinquenta anos, parecerá inverosímil a uma criança, mesmo a uma jovem como a Ana Ester, como a mim também parece inverosímil. Um dia, daqui a muitos anos, o seu imaginário terá uma fratura visível, um lugar onde o deslocamento da terra é visível. Esse lugar não é a guerra colonial, mas o agora. É a quarentena, o medo que vê nos pais, a distância intransponível em relação aos avós. As coisas que ela e os da idade dela vão fazer, as pessoas que vão ser, os pesadelos que os vão atormentar terão esta marca: cuidado no existir, no respirar, no tocar. Não chegues perto, não transponhas a barreira que tem de haver entre nós.

Quando chegarmos ao verão, já não seremos crianças feitas para grandes férias, como no verso do Ruy Belo. Subitamente ficamos crianças velhas, conscientes do perigo, tristes. Reconstruir esse reduto a partir do qual tudo começa, resguardá-lo neste período de pandemia são desafios exigentes.

A Ana Ester foi dar uma caminhada pela linha do comboio com os pais, manhã cedo. Deteve-se três ou quatro minutos e por fim conseguiu fotografar uma borboleta lindíssima, tons de rosa e branco, asas grandes. Esta borboleta é suficiente para salvar o meu dia. A sensibilidade, o vagar, a atenção que pôs na fotografia são pura capacidade de respirar.

Espanta-me que o sopro, a chama, palavras como exalação ou inspiração não me apareçam mais.

Acordei às 7h.

O dia passa sem que eu perceba em que ocupo o tempo.

Reli o que escrevi ontem e remendei pequenas coisas.

A minha vizinha do lado, que trabalhava no asilo, chamava-se d. Laurinda. Do nome da filha é que não consigo lembrar-me.

Estamos todos mais débeis, embora organizados, sem sinal de pânico. Daqui a duas semanas, ou mesmo uma, quando virmos a morte das pessoas que conhecemos, quando virmos a pobreza a rebentar, vamos ver o napalm que o meu pai viu em Angola, mesmo que ele seja produto de ficção.

A Aurora considera que é errado chamar a este tempo um tempo de guerra. Uma guerra pressupõe um inimigo. Não sabemos como combater este inimigo.

Soube que o diretor de um hospital de Lisboa morreu. Enforcou-se.

Li uma notícia curiosa: dispararam os pedidos para fazer testamento. Não é uma tradição portuguesa. Os notários disponibilizaram serviços online para satisfazer esta necessidade.

Não fiz testamento. Não tenho filhos a quem transmitir o legado da minha miséria (rumino há anos essa frase com que fecha o *Brás Cubas*).

Machado de Assis fez um testamento em 1906, dois anos depois da morte da mulher, dois anos antes da sua morte. A única herdeira foi uma afilhada, Laura, filha de uma sobrinha da Carolina. Laura seria uma sobrinha-neta.

Machado não era rico. Quando foi feito o primeiro inventário do que restou da sua biblioteca, os livros não chegavam a oitocentos. Estão agora na Academia Brasileira de Letras. Quando tudo isso passar, vou ao Rio visitar a Academia.

Também quero ver as pirâmides do Egito. O monte Fuji e os jardins de Kyoto. Perambular pelas ilhas gregas, visitar Delfos. Ver a baía de Copacabana a partir de uma varanda, ouvir o barulho do mar, o fragor das ondas (nem para destemidos), o formigueiro das pessoas lá em baixo, aquele serpenteado da terra a ser engolida pelo mar. Penso nisso e sinto um hálito de felicidade.*

* Nota da Filha do meu Pai: No *Memorial de Aires*, o casal Aguiar, personificação de Machado e Carolina, casal sem filhos, sofre uma *orfandade às avessas.* Designação triste para aqueles que são órfãos de filhos como outros são órfãos de pais. Vivem devotos aos afilhados, Fidélia e Tristão — como Ester vive devota a Ana Ester?

Dia 836

Ou não. Os dias ainda não se parecem todos.

Mudei a toalha da mesa, pus uma branca de algodão e linho, oferecida pela minha comadre. Fotografei e mandei abraços, querendo saber como estão. De tarde fiz uma aletria e mandei também fotografias e abraços. Uma forma de celebrar essas duas semanas em que temos saúde.

Enquanto o João ganhava dinheiro, com um trabalho que é fora, mesmo sendo no momento dentro, eu fazia um trabalho para o qual não há salário, e que é dentro. O dia todo pensei que estava a reproduzir a vida da minha mãe e do meu pai, uma dinâmica familiar e econômica que é a de Portugal na segunda metade do século XX (não vale a pena ir mais para trás, e não sei nada sobre isso). Agora que as filhas estão criadas e "é só ela e o pai", vai almoçar todos os dias fora. Detesta cozinhar. Finalmente pôde libertar-se da escravidão da casa e da cozinha.

Determinei que a quinta é o dia das limpezas. Os mínimos são: mudar as toalhas, as fronhas, limpar com lixívia as casas de banho, passar a esfregona. Os mínimos diários: limpar com pano amarelo e detergente desinfetante as superfícies da cozinha, os puxadores (frigorífico, congelador, forno, micro-ondas, portas), sacudir a toalha, arejar os compartimentos que estamos a usar, alisar e dobrar em envelope os lençóis e edredom, lavar e arrumar louça, cozinhar, arrumar a roupa para que não se amontoe na cadeira. Fiz duas máquinas de roupa, uma com dez camisas e outra com roupa de casa.

Faço-o com gosto, gratificada por me reconhecer asseada.

— Pobres, mas limpos.

Diria a minha mãe. A minha mãe tem orgulho em que eu seja assim. Entendemo-nos sem dificuldade ou atrito a falar de roupa e da lida doméstica. Não falo com a minha mãe sobre o meu trabalho, sobre o meu estudo, sobre a minha vida amorosa, sobre quem eu sou no meu âmago. Ter identificado um chão, um chão de terra, onde nos podemos sentar, a falar, é uma conquista.

A parte aborrecida, que urge controlar, é que trato o meu homem como a minha mãe tratava o seu. Repito:

— É mais fácil lavar um prato do que lavar a toalha.

Prato é agora. No tempo da minha mãe, púnhamos um guardanapo por baixo do pão ou comíamos para cima da banca.

À noite ouvi a Aurora dizer:

— Quando a vida nos pertencia...

Recortei esta frase. Parece que fomos invadidos pelos bárbaros, que avançaram até ao tutano. A nossa vida resume-se a manter viva a casa-corpo, a casa-casa onde os nossos corpos se mantêm vivos, se protegem do ataque do exterior. Estamos todos a pensar na sobrevivência, a ver de forma ampliada o que nos constitui como seres humanos.

Folheei livros de pintura. Demorei-me no anjo da Paula Rego, com esponja e espada. Na mulher grávida que lê uma carta de Vermeer. Na anunciação de Caravaggio. Sempre anjos que velam por nós, recados sussurrados, prenúncios de vida futura.

A Aurora contou-me que tinha sonhado na véspera um sonho estranho. Não conseguiu capturar o miolo do sonho.

Ficou-lhe a impressão de ter recebido uma visita. Talvez um anjo lhe tenha anunciado que tranquilamente a ia levar consigo, que o dia estava perto. Vamos ver se isto não é o "Delírio" do *Brás Cubas*, a Natureza que é mãe e inimiga, a Pandora que leva todas as esperanças, um combate entre a vida e a vida.

Ontem estive irrequieta. Troquei dezenas de mensagens, vídeos, alarguei a rede, manifestei cuidado. Uma forma de atenção e de desatenção. Repreendi-me com severidade por não ter escrito, por me portar como as pessoas ébrias que festejam uma vitória, de protelar, não sei por que, o que é bom para mim: a saciedade. Cheguei a pensar escrever hoje como se fosse ontem, reproduzir o diário da mãe da Noemi Jaffe.

Essa senhora, que morreu há dias, esteve presa num campo de concentração quando tinha dezoito anos. Depois da libertação, foi acolhida pela Cruz Vermelha, viveu na Suécia, escreveu um diário. O espantoso é que escreveu como se estivesse ainda no campo, naquele presente horrendo. Não dizia: fizemos isto, sofremos aquilo. Dizia: hoje isto, hoje aquilo. Era uma escrita retrospectiva como se fosse uma escrita em direto. Como se a vida não fosse sempre um pouco em diferido. A mãe da Noemi, essa jovem rapariga que viveu o inimaginável, criava um efeito de simultaneidade entre a ação e a escrita, ela que nunca tinha escrito. Era uma coincidência temporal fictícia, um sincronismo impossível. De que maneira poderia escrever no campo? Sem papel e caneta, à beira de morrer no instante que vem? O relato de Primo Levi é assumidamente *a posteriori*. A pergunta que se impõe é: por que é que o tempo verbal que ela usa é o presente?

O tempo dos diários é o presente. Hoje estou a escrever como se fosse ontem, reportando a ontem, usando o pretérito perfeito.

A Noemi perguntou à mãe:

— Por que escreveu o diário?

— Para que você o lesse.

Naturalmente a minha pergunta é: por que escrevo o meu diário? Quem o vai ler? Quem consinto que me leia depois de meses de casulo? Agora que somos reconduzidos a um casulo, escrevo a vida que se passa no subterrâneo, o que manifestamos quando estamos no arame. Espraio-me, esbracejo, viro borboleta.

*

Fui interrompida dez linhas acima.

Uma frase que não posso perder da sessão de análise: a experiência da humilhação que envenena a percepção do meu talento. As palavras que ecoam em mim num crescendo ensurdecedor: veneno e humilhação. Ainda sinto o veneno a gotejar no meu circuito sanguíneo, em silêncio. Faço um paralelo com a epidemia que alastra, embora não se veja.

As notícias. Morreram quase mil pessoas em Itália, quase setecentas em Espanha. Um médico italiano citava a *Ilíada*, que canta a cólera de Aquiles. Que quer dizer exatamente esta cólera? Citava Dante. O excerto que agora me vem é: "Deixai toda a esperança, vós que entrais".

A previsão é a de que estaremos no pico em maio. Compreendemos que vamos viver dois meses confinados. Não é desesperador. Psicologicamente, sou forte o suficiente para viver muito, muito tempo neste regime de isolamento social. Só fico em frangalhos quando olho em redor. Na próxima semana a nossa vida vai mudar, a nossa percepção do cataclismo será outra. É fim de mês e muita gente não terá salário. Felizmente suspenderam os despejos e proibiram que se cortasse o fornecimento de energia por falta de pagamento durante este período.

Vi uma reportagem em Angola, num ambiente paupérrimo. Um homem apresentou de forma clara a sua equação: se ficasse em casa, não conseguia o "biscato" que lhe permitia arranjar um quilo de arroz para a família. Se andasse na rua, arriscava-se a ficar infectado. Ou morria na espada ou de fome. Preferia a primeira. Na espada ou na fome. Na espada ou na fome.

Quando estivermos nessa fase, se chegarmos a essa fase, passo a fazer como a minha mãe: às oito da noite, em vez de me plantar em frente à televisão para ver as notícias, desligo e vou ouvir o Roberto Carlos.

28 de março

Mais um sábado em que não fomos ao mercado orgânico do Príncipe Real.

Não passamos nem uma hora no terraço. Está sol, não está calor.

Se ficarmos até fim de maio em isolamento, terá passado já um quinto desse tempo.

Coisas comezinhas: vesti uma saia de seda que tenho há dezessete anos. Ofereci-me de presente esta saia quando lancei o meu primeiro livro. Tirei-a logo depois de decidir ir para o terraço, para não me sujar. Cortei as unhas.

Não tive vontade de ler o jornal, apesar de ter vontade de ler sobre a gripe espanhola. Foi há um século. Preferi ler *Vozes de Tchernóbil*, de Svetlana Aleksiévitch. Tinha sublinhado na primeira leitura: "O sarcófago é um defunto que respira morte", "nem sequer me deixaram abraçar o caixão".

A mudez caiu como chumbo sobre a autora. Durante vinte anos não foi capaz de escrever sobre aquilo. Vinte anos volvidos, as primeiras palavras são sobre a falta de palavras. Sobretudo isto: "Estará ao nosso alcance captar e reconhecer um sentido neste horror ainda desconhecido para nós?".

Ainda não estamos nessa fase. Não procuramos captar um sentido. Procuramos sobreviver.

E falamos, falamos, falamos, mesmo que as palavras não sejam as certas ou que não saibamos exprimir o que se passa dentro de nós. Demoraremos quantos anos a reconstruir o que agora fica desmembrado? Neste equilíbrio sólido em que vivemos os dias, aqui em casa, percebo o privilégio e o atordoamento.

Queremos que passe. Queremos que passe.

Svetlana fala da perturbação radical da noção de tempo. Quando repetimos o que vamos fazer quando isso passar, queremos ser transportados para o futuro. Em que estado vamos chegar a esse futuro, onde fica esse lugar? Ocorre-me aquele pedaço de cartão, máquina do tempo do Calvin e do Hobbes: iam dali para todo o lado, teletransportados.

Tele- é o prefixo que passou a reger a nossa vida. À distância.

Se hoje não fosse hoje, as minhas irmãs estariam a viajar para o Oriente. Felizmente conseguiram reaver o dinheiro dos bilhetes e cancelar todos os hotéis.

Tudo muda rapidamente. E nada disto é uma marretada na cabeça. É o inevitável.

A marretada é o número de mortos. Subiu para cem. E será mais violenta quando morrerem pessoas que conhecemos.

O meu ideal de escrita é o que está no livro da Svetlana. Frases de três palavras, palavras contundentes, tudo de granito. Nem um átomo de supérfluo, cada palavra dá um quadro, descreve uma ação, grita e sussurra. Era assim que eu gostava de escrever.

Não consigo ir às duas últimas sessões de psicanálise. Ou retardo. A sensação não é nova. Frequentemente tenho um véu espesso a cobrir a sessão anterior, chego a esquecer o assunto principal. Nem um vestígio. Subitamente há um fósforo que me alumia, um quelho por onde entro, e consigo resgatar qualquer coisa. Invade-me uma preguiça que se chama resistência.

Ainda não é hoje.

Dia 17 do isolamento

O de sempre.

Estou um pouco presa — maneira de falar do meu intestino e de uma obstrução na minha capacidade de escrever. Qualquer coisa, que não sei onde está, mas que está num lugar inacessível, recusa-se a ser evacuada, obrada, a integrar um corpo, a ganhar forma. Resiste a ser chamada. Ontem e hoje não sinto alívio na escrita, e, como num pesadelo, vejo todas as portas fechadas. Permaneço na antecâmara, à espera.

Estranhamente, não me sinto presa em casa.

Reparamos que o pneu do carro, mesmo em frente à nossa porta, estava embaixo, sem ar. Tem de ser resolvido, para o caso de haver uma emergência. Pensei para dentro que, se houver uma emergência, vamos de INEM. Apaguei a hipótese, como quem usa a borracha e sacode as sobras.

Na folha do computador, fica assim: ~~se houver emergência, vamos de INEM.~~

Disseram-me que o diretor do hospital se enforcou porque contaminou doentes e não aguentou.

Li um artigo no jornal sobre o que pode a Filosofia em tempo de pandemia. Entre outros, ouvia a Maria Filomena Molder e a Maria João Mayer Branco. Molder citou uma frase de Fernando Gil.

"A vida é um bem, não é um fato."

E citou em Hadot uma espécie de prescrição, uma lista de tarefas, do livro *Não te esqueças de viver*.

1. Atenção ao presente (a coisa mais difícil);
2. Distanciar-se, inventar um pequeno intervalo entre mim e a minha vida, deixar cair; [...]
3. Imaginar a leveza, isto é, a esperança.

Convocou Hermann Broch. "Todo o esforço humano está em transformar o medo da morte em gesto de dar forma à vida, desde fazer pão a um axioma da matemática."

Ontem ou hoje, pensei fazer pão. Escrever é fazer um pão. É dar uma forma ao medo, torná-lo comestível, ser capaz de o cuspir.

Amassar, fermentar e cozer são, como metabolizar, processos demorados. Este diário está numa fase encruada. Ainda assim é vida.

A frase que senti apontada a mim foi dita pela Maria João Mayer Branco.

"É bom relacionarmo-nos com o tempo nu, de um modo íntimo."

A palavra que estava na ponta da adaga era nu. Escrever é conseguir estar nua, desorbitada, fora do tempo cronológico. É avançar nua e intrépida. E sem vergonha, que é o mais difícil.

Nua. Sinônimo de diário. Estar a sós comigo, a falar comigo. Quando tinha treze anos, conheci um rapaz que chorava a pensar no sentido do mundo. Também eu chorava. Esse rapaz mandava cartas a si mesmo.

Quase fim de mês

Acordei às 8h, doía-me a engolir, o corpo parecia-me parado. Receei estar doente. Readormeci. Levantei-me às 10h.

Falei ao telefone com um amigo. Usou uma palavra a que me agarrei como lapa: obsoleto. Tudo fica obsoleto num instante. Tudo o que pensamos ontem, ou esta manhã, os planos, as ideias, a teia, fica murcho daí a pouco. Movemo-nos entre escombros.

A outra palavra que está sempre à espreita: luto. Não sei como — povo, nação, continente, planeta — vamos viver este luto.

Os movimentos da biologia, da botânica e da geologia plantam-se à minha frente. As imagens, o vocabulário, as metáforas expressam coisas como:

— o mexer da terra com trator;

— o revirar do arado;

— comer, deglutir, evacuar;

— semente, germinar, brotar, mirrar.

Olho para o corpo próprio e para o corpo da Terra. Raízes são redes. Palavras são sementes. O barulho que escuto é o do sachar. O que vai nascer deste tempo de pousio? A fertilidade virá sob que formas?

Conversas partidas. Fragmentos, farrapos. Não consigo concentrar-me. Vagueio pela casa, ocupada com nada. Estarei vazia?

Devo fazer listas do que não faço.

— Não leio.

— Não trabalho.

— Não estudo.

— Não subi nem desci escadas.

Paradoxalmente, sinto-me grávida. Não sinto o meu bebê, mas sinto-me grávida. Sei que ele não morreu. Asfixia-me a possibilidade de dar à luz um natimorto, de o diário ser um natimorto.

Hoje choveu, eu chovi, o dia esteve chocho.

Terceira semana

Compreendemos que deflagra um incêndio que nos impede de continuar, que engole os prédios, as ruas, as árvores, as pessoas. Devemos escolher outro caminho, a partir do mesmo habitáculo, voltar para trás, ir por atalhos, lugares esconsos. Sem bússola.

Não quero ver as carcaças, o interior das casas esventrado, a devastação. Já tive uma amostra do que não quero ver quando vi aquela mulher a abraçar o caixão, em Espanha, e quando, no livro de Chernobyl, a mulher se queixava de que não a tinham deixado abraçar o caixão.

Não consigo ver ainda.

Ter sido capaz de me sentir grávida sossegou-me. Apesar de não temer que o meu bebê não preste. Que seja um bebê para deitar no lixo, envolto num saco plástico. Aquele bebê da mãe Ester, junto ao rio.

Sou perseguida pela palavra luto. Ela vem atrás de mim como uma sombra.

Na minha infância anterior aos seis anos, as pessoas morriam em casa, eram veladas em casa. As crianças mediam a coragem, chegavam-se ao pé do caixão. Acho que não estou a fantasiar quando vejo as minhas mãozinhas postas no rebordo de cetim branco que revestia a madeira. A minha mãe não queria. Eu não tinha medo.

O enterro fazia-se no dia a seguir à morte. Era preciso ter a certeza de que o morto estava mesmo morto. Alguém se lembrava de uma rapariga que começou a dar murros no caixão, já fechado. Estava desmaiada, inconsciente. Posso ter ouvido ou inventado que a terra lhe caía por cima.

— Acudam, acudam, não estou morta.

A palavra que tentei retomar foi veneno, envenenamento. O envenenamento é um processo, uma ação no tempo. Pronunciei esta frase: engoli uma cápsula de cianeto, tenho medo que rebente.

Nos meses a seguir à operação e à radioterapia, sentia que era impossível voltar a escrever, a fazer perguntas, a ter acerto, luz. Como quando a Nadia volta nas olimpíadas de 1980, com seios, mais dez quilos e mais dez centímetros, e cai da trave. A vontade que me dá de chorar é a vontade de me chorar, por me ver no chão. Nadia sobe mecanicamente para a trave, retoma o exercício. Compenetrada. Eu estou a fazer o mesmo, porque sou capaz de escrever o diário. Mas que filho será este?

Dia 20 do isolamento, 1 de abril

— Ai, filha, o passeio a Nossa Senhora da Imaculada Conceição foi tão bom. A *levura* era tanta que parecia que eu levantava voo.

O passeio foi no domingo. Os meus pais, imagem edênica, como se tudo estivesse bem. *Levura é leveza*. Quase gosto mais do som de *levura*. Parece uma pluma, um sopro.

Não há muitos anos, passei uns dias em casa dos meus pais. O quarto da minha mãe é aquele que pertencia à minha irmã mais velha. Quando ela saiu de casa, para casar, a minha mãe não consentiu que se fizesse ali um escritório. Era um lugar sagrado, intocável. A minha mãe defendia-o como as viúvas que mantêm a vida congelada no instante em que a morte apareceu. Até que o ocupou, fazendo dele seu.

— Os roncos do teu pai acordam um morto.

Justifica-se. Mas sempre pensei, com ciúme, que mudar-se para aquele quarto era uma maneira de estar com a filha preferida.

Dormi na mesma cama com a minha mãe tantos anos depois. Tive a estranha e desagradável impressão de não caber. De já não ter encaixe com a carne sumida do corpo de onde vim, que já foi eu, a minha casa.

— A tua mãe é uma carga de ossos.

Resume o meu pai. Bizarro que o meu desejo seja ficar nesta mesma carga de ossos, retornar a este lugar de origem de um modo oblíquo. Depois de o ter rejeitado.

Abriu o primeiro botão de orquídea. Enche-me de alegria e esperança. O tempo também se mede pelas orquídeas.

O João está revoltado e em estado de choque com a morte do ucraniano no aeroporto de Lisboa. Não parece uma coisa que possa acontecer em Portugal. Violência perversa e gratuita. Por quê? Tinha quarenta anos e dois filhos pequenos. Se o caudal de notícias não estivesse dominado pelo vírus, falar-se-ia mais deste homem a quem barraram a entrada, espancaram e abandonaram. No dia seguinte encontraram-no morto. Tentaram omitir a barbaridade, alegando ataque epiléptico. Os três inspetores responsáveis pela morte estão em prisão domiciliar, o diretor do SEF* foi afastado.

Falamos do jornalista saudita que foi morto na embaixada, na Turquia. No caso de Khashoggi, havia um móbil político. Desta vez, não há fundamento para a suspeição. Parece haver apenas ódio, arbitrariedade, desejo de pôr a pata em cima. Agora mando eu. Agora eu já não sou pobre. Agora tenho o poder de determinar que tu, imigrante de merda, desta sala não passas. Mas isso não é só xenofobia. Nem racismo. É ódio. É necessidade de matar.

São quase seis da tarde. Espero ler até as 20h o Livro de Ezequiel. Depois vejo as notícias.

* SEF é a sigla para Serviço de Estrangeiros e Fronteiras, do Ministério de Administração Interna (MAI) de Portugal, e faz parte da política de segurança interna. (N.E.)

Dia 21 do isolamento

O chão da minha sala tem tapetes sobrepostos, vermelhos. Nos primeiros dias em que os vi, pensei no *Gritos e sussurros* do Bergman, onde tudo é vermelho e um rio de sangue corre por aquela casa assombrada. Um rio feito de ferida, mutilação, sofrimento. Aqui corre um rio de sangue, mas é um sangue de vida. O sangue de quem nasce. O sangue que ensopou os lençóis na noite da minha operação.

Fazer a casa salvou-me. Oh, fortuna. Que fiz eu para merecer isto? Habitualmente a pergunta — retórica — tem um sentido de queixa. A minha pergunta não tem resposta e denota a minha culpa. Nada me é devido.

Não tenho energia para aspirar. Abro as janelas. Pôr a casa a arejar é pôr a casa a respirar. A asfixia mata. Desinfetei as casas de banho. Surgiu-me esta palavra do passado:

— Desinfeta!

Não a desenterrei, ela apareceu sozinha. Era a palavra feroz que os meus pais usavam para exigir que alguém se afastasse. O toque, a proximidade era indesejável: como se a outra pessoa estivesse infectada ou trouxesse infecção.

— Desinfeta já daqui pra fora.

Forma de dizer: põe-te a andar que já não te posso ver.

Comecei de manhã a receber um apelo dos criadores de cabrito e queijos de Trás-os-Montes. Estão à rasca. Contavam vendê-los na semana da Páscoa, e nada. Recebi o mesmo apelo de quatro pessoas diferentes. Compreendo que a minha rede de contatos é concêntrica. A probabilidade de as pessoas se conhecerem umas às outras é imensa. Em pouco tempo reenviamos a informação àqueles que no-la mandaram. O quilo está a 11,95 euros.

A comadre consegue peixe e marisco de Peniche. Não escoam pelos canais habituais, vendem a bons preços diretamente.

O senhor Belmiro trouxe raia, lebre com grão e purês de espinafres.

A operação de introduzir comida em casa é morosa e tensa. Transferir as caixas de plástico do saco dele para o nosso, usar luvas e máscara, não passar da entrada do prédio. Uma vez em casa, passar um pano com detergente em todos os recipientes, nas superfícies. Obcecamos durante meia hora.

A Rosa mandou entregar um pão tão lindo que parece uma cara. Tem três cortes e o último é uma boca entreaberta e a sorrir.

A minha oncologista mandou-me fotografias das suas orquídeas. Nunca houve tempo para as ver devagar, a florescer. Constata que todas foram oferecidas por doentes que já morreram. Tinha amassado um pão, sentido a suavidade da farinha em contato com a pele, o êxtase do toque sem proteção. O pão era belo como um seio. O cereal, a espiga de trigo, é a célula destes dias. Passamos o dia a falar de comida.

As minhas irmãs receberam dois emails fraudulentos. Tentam sacar dados bancários. Interrogo-me sobre o que estão a fazer os carteiristas, as prostitutas, os drogados.

Foi renovado o estado de emergência. O pior está para vir.

Termino o dia com a mão ressequida. Esqueço-me de pôr creme.

Dia 22 do isolamento, 3 de abril, dia de anos da Ana Ester

A minha mãe quebrou.

— Já viste um leão numa jaula?

Nasceu em agosto, no horóscopo é Leão.

As suas palavras são expressivas. Vejo a jaula exígua, o rugido de quem rebenta, a fome que abocanha. Há cinco dias que não sai de casa. O meu pai inibe-se de passeios higiênicos.

— O teu pai é um cagão.

Outros dizem que não são pássaros de gaiola. A minha mãe é sempre mais fulgurante, e dramática. Gosto mais assim. Tenho pena de ter ficado domesticada.

O meu pai vê fotografias minhas de há dez anos e diz que está a olhar para a minha mãe. A beleza da minha mãe foi lembrada por uma vizinha quarenta e cinco anos depois. Vizinha da primeira casa onde morou com o meu pai. Era uma casa térrea a que chamavam casa de terreira. Tão singela, o chão de terra batida. Corresponder a essa beleza glorificada tem qualquer coisa de sonho. Não é só vaidade, ou não é principalmente vaidade. É uma alegria de ter luz e refletir luz. É ser acolhida naquela cara, ver-me fundida.

Devo ter ficado presa na fase do espelho.

A minha irmã pede à minha mãe que conte coisas do passado.

— As minhas irmãs não tiveram as regalias que eu tive.

— As tuas irmãs nunca passaram fome. Nunca lhes faltou leite, papas, fraldas, talco.

Interrompo-me na palavra talco. Toco a minha bunda macia, acariciado pela minha mãe enquanto punha o talco. Nunca tinha pensado na minha mãe a pôr-me talco. Nem percebido o que era preciso para que houvesse talco.

No verão, acartar areia do rio, com água pela cinta. Um esforço que lhe deu cabo das costas.

No inverno, apanhar azeitona e bolota. Que vendia aos lavradores. Bolota para os porcos.

Às vezes a erva estava coberta por uma camada de geada. As mãos gretavam. A minha mãe diz que as mãos ficavam tolas. Acho que entendo: interpreto como enlouquecer de sofrimento. Usava-se cutelo.

Trabalhava nas vindimas. Agora há tesouras, naquele tempo era à mão.

Trabalhava no campo. Levantava-se de madrugada. Se chegasse tarde ao campo, já não havia nada para apanhar. Apanhava milho. Descalça. Depois pisava o milho na eira. Ficava com os pés num cristo (expressão que representa a dor de estar crucificado). Com farpas espetadas. A minha ~~mãe~~ avó usava uma tesoura para lhes tirar e a seguir metia azeite a ferver para dentro das unhas por causa das infecções. Um sofrimento atroz.

— Por isso é que as minhas unhas são uma desgraça.

Tudo para que às meninas não faltasse leite, papas, fraldas, talco.

Um sacrifício que me deixa debulhada em lágrimas.

Esta tarde, repetiu que isso só foi possível porque a minha avó ficava com as meninas. A menorizar o horror por que passou.

— Eu a ti não te dou confiança.

A minha mãe não dá confiança ao sofrimento.

Apetece-me trabalhar até ao fim da vida para dar à minha mãe a certeza de que a miséria não volta. Nem o trabalho desumano.

Tudo isto vinha a propósito de conversar com o meu pai, com a minha mãe, lembrar o período da guerra colonial em que tiveram de ser tão valentes. Que peso tem agora esta clausura?

— Ah, sim, estava sempre com o coração nas mãos. E escrevia todos os dias aerogramas ao teu pai, e ele a mim.

Dessa eu não sabia.

Sosseguei-a como sabia, mas não soube muito bem. Que se responde a esses fantasmas do passado?

— Aí vindes outras vez, sombras inquietas...

É do *Fausto* do Goethe e é citado pelo Machado no começo do *Casmurro*.

Essa angústia faz ressurgir as sombras do passado.

— Mãezinha, temos casa, comida, pessoas ao lado que amamos e que nos amam. É normal que te vás abaixo. Mas pensa como somos privilegiados. Sobretudo temos saúde.

— Que é o mais importante.

Temos saúde.

A minha mãe não sabe que não tive saúde. Isto é, que tive um câncer.

A minha mãe não sabe que tive um câncer.

Ofereço dinheiro. Não é altura para poupar. Já basta o que basta. Que tenhamos conforto.

— Gasto agora muito mais do que quando comia no restaurante todos os dias. Não nos falta nada: peixe, fruta, carne. Não deixo que a tua irmã pague nada. Quero que poupe para comprar um carro.

Esta foi a chapada da tarde.

De manhã foi a chapada da Francisca. A minha oncologista dá-me o seu berço para que eu o embale. Partilha comigo a aflição em que a casa está desde ontem. O marido esteve a operar num bloco covid. Ou se mudava para um hotel ou ficava a dormir no escritório. Doravante dorme num colchão posto no soalho, tem um prato e um talher que não partilha, uma casa de banho diferente daquela que a mulher e filha passam a usar. Igual ao tempo da tuberculose.

A filha, se isto que estamos a viver fosse no próximo ano, já seria chamada para a trincheira. Começaria a ser médica neste quadro. A médica que vai ser há de ficar tatuada destes dias. A tatuagem pode ser: eu tive medo.

As tatuagens dos que estiveram na guerra: amor de mãe. Ou Angola 1971.

O meu pai não fez nenhuma tatuagem. O meu compadre tatuou sobre o coração o nome da filha. O João não suporta tatuagens. Acha que estão ocupadas desde a Segunda Guerra. São um ferrete, o número que despersonaliza, marcação de carne para o matadouro.

Tudo é diferente e tudo faz parte de uma fantasmagoria comum, uma constelação das piores. A aparição é sempre a do horror.

O João e eu fomos a Auschwitz, Birkenau, Treblinka. Fomos ao fim do mundo. Não se vem de lá com palavras.

A Francisca também tem pensado na experiência da guerra colonial. O pai estava em Angola quando nasceu, em 1970. Só conheceu a filha quando ela tinha seis meses.

O isolamento desperta as memórias mais inesperadas. Ouvindo a Francisca e pensando na minha experiência, percebo que o sedimento é comum. Somos filhas da mesma madrugada, pais na guerra, mães com medo da morte.

Achava que os pais do João se tinham conhecido num sanatório. Afinal conheceram-se na mesma casa de saúde onde fui operada, e onde o bracinho do João foi consertado quando era pequeno. O pai tinha osteomielite. A mãe visitava o irmão com tuberculose óssea, da qual veio a morrer. O pai médico. A mãe médica. A doença esteve sempre por perto.

Tão dramático pensar neste cruzamento de linhas. O território como cenário de cartão onde se encenam as nossas vidas.

O dia até foi bom.

A sessão foi mais à tona, mas não é possível andar sempre nas funduras. Partilhei uma angústia e chorei um pouco.

— Estou sempre à espera de que uma tragédia me bata à porta.

Punição. Culpa.

Fiz aletria para a Ana Ester, que faz hoje catorze anos. A minha vida já tinha passado quase toda aos catorze anos. Posso traduzir assim: quase tudo o que quase me matou, já tinha sido.

Além do doce, mandei caleidoscópios para ela e para os irmãos.

Soube-me bem receber a luz das cinco da tarde enquanto lavava a louça que não cabia na máquina. O tempo manual deixa-me livre para pensar em muitas coisas.

Passaram três semanas e percebo que posso aguentar três meses. Aguento o que tiver de aguentar. Uma pessoa aguenta o que não sabe que aguenta. A minha mãe aguentou azeite a ferver pelas unhas acima.

— Não tenhas medo, mãezinha. Nunca te faltará casa nem comida.

O meu pai deve-se ter borrado no escuro da guerra, no mato. Gosto mais dele se o penso assim, frágil e com medo.

Novamente sábado

Ainda houve uma chapada ontem à noite. O pediatra da Ana Ester esteve catorze dias a ir-se, nos cuidados intensivos. Há agora alguma luz onde antes era breu. Disse-mo a mulher. Eu tinha mandado um abraço, sem saber. Contou-me do ânimo que isso lhe deu. As pessoas chegam umas às outras sem saberem como, acrescentou.

Pedi que lhe dissesse que venci o câncer e que acreditar é mesmo importante. Parece conversa de criança, de faz de conta, linear. É como ter fé. Misteriosamente funciona.

O pediatra foi colega de curso da Aurora e do meu psicanalista.

Ontem à noite ainda tomei umas notas. Não queria que me desaparecessem estas palavras: tear, tecer, costurar.

Eis que se desenrola um tapete mágico: daqueles que a minha madrinha fazia na aldeia. O nome dela era Esperança. Usava brincos de viúva, duas moedas pretas, de cêntimo, rente ao lóbulo da orelha. Ficou minha madrinha por me dizer as palavras bentas quando nasci. Nasci a morrer. Sem choro. A minha mãe já não tinha forças. A minha avó ameaçava:

— Ai de ti que deixes morrer a menina.

A frase deve ser uma recomposição *a posteriori*, porque não se sabia que eu era menina. Ainda estava dentro. A avó e a madrinha assistiam ao parto. A casa onde nasci era perto da casa grande da madrinha. O marido tinha sido emigrante, ergueu uma casa de dois andares.

A madrinha de verdade era a Tia Ester, irmã do meu pai. Por um pretexto fútil, estiveram anos sem se falar. E devem estar há anos sem se falar. Desde a morte da mãe ou antes, desde a morte do pai. Em boa verdade, não têm nada a dizer um ao outro. Sem azedume. Porque isso ainda seria produzir saliva, ela ser ácida. Nada, não há nada. Corpo morto.

A madrinha Esperança fazia mantas e panos de linho no tear. Ofereceu-me um com a inicial E, de Ester. A memória daquele tear inunda-me o corpo, espraia-se como um líquido bom. Há poucos anos fui à aldeia. Ela ainda vivia naquela casa. Do nada, disse que o desgosto da sua vida era não saber ler nem escrever.

Devo-lhe a vida.

Olho de relance os tapetes vermelhos à minha frente. Que estarão a dizer, estando mudos?

Tenho pensado que estou sempre a ver morte, a escrever sobre a sua bocarra. Escrevo serena. Agora serena. Nos primeiros dias acho que foi um vomitado de quem não pôde suster mais uma comida que caiu mal.

Já não tenho medo de morrer. O câncer é um processo encerrado. Por exemplo, ontem associei o dia 3 ao dia dos anos da Ana Ester. Ontem passaram exatos seis meses desde o dia em que soube que tinha câncer. Nos primeiros meses, lembrava-me: dia 3 soube, dia 10 fui operada.

A camisola que trago vestida é uma das camisolas de algodão que usava do avesso nas primeiras semanas. Para que as costuras não arranhassem a pele, não provocassem nenhuma fricção. E sutiã por cima. Era uma membrana que logo ficava untada de Biafine, duas vezes por dia. Para dormir havia outras, mais grossas, também de algodão. O mesmo sutiã por cima.

Um dinheirão em camisolas. Um dinheirão em sutiãs, sem costuras, a apertar à frente.

Era o tempo da radioterapia.

Em Chernobyl, adotaram um cão e chamaram-lhe *Rádio*.

Chegava pontualmente. Chegava de táxi.

A minha irmã:

— Quero levar-te.

— Não quero. Não quero transformar as idas diárias num acontecimento. Prefiro ir sozinha.

No hospital atravesso o hall. Passo célere de quem conhece os caminhos. À esquerda ficam as escadas de serviço, desço ao -1. Na sala de espera sou a mais nova. Há pessoas sem cabelo, outras depauperadas, os mais débeis em cadeira de rodas. Penso não raro:

— Do que eu me livrei. Tenho mesmo sorte.

Os técnicos mandam entrar. Dispo-me na cabine, tiro a camisola já no espaço da radioterapia. Os técnicos ajustam a posição, o peito, os braços. Mantenho os olhos sempre fechados. Não quero ver as placas a girar, a rotação da máquina. Ouço os cliques, os arranques, um som parecido a dar estalidos com a boca, cloc cloc. Às vezes receio que a máquina ganhe vida própria, me engula e depois cuspa. Bebê deitado ao chão, catrapus. A sessão termina em poucos minutos, quando uma mão toca de leve na minha perna:

— Pronto, está feito.

Menos uma sessão. Menos uma, menos uma. Passaram-se 21.

Três meses depois, voltei a dormir sobre o lado esquerdo. Se tocar no peito, ainda o sinto levemente intumescido.

De tarde, irei assistir às aulas de poesia da Rosa Maria Martelo na universidade. Estudamos as Tisanas da Ana Hatherly. Tomo notas:

— as Tisanas são fábulas, mas não veiculam um fundo moral;
— são reflexões sobre a ilusão de verdade. Importa inquirir a aparência das coisas;
— há uma preocupação de fidelidade, mas não de realismo;
— são uma experiência de perplexidade, o texto produz curto-circuito;
— por muito que pensemos, não temos resposta para o enigma. O leitor fica à deriva, é obrigado a ler de outra forma, é colocado na dúvida;
— as Tisanas particularizam-se por uma indeterminação deslizante, associada à destruição da certeza. O que é o sentido?

Julgo agora ser capaz de alcançar o sentido da Tisana 103. "Penso no ato de escrever. O real é uma retrospectiva: registar recolher nomear esquecer." É tudo o que procuro no território da escrita. A minha não é anagramática, como a da Ana Hatherly, conquanto procure escrever a metamorfose que se opera em mim. Esta escrita é o meu tapete.

Na casa antiga, tinha em frente uma casa a ser refeita. Via do terraço a casa esventrada, apenas a fachada erguida. Primeiro a destruição, um piso por semana. Depois o começo de qualquer coisa que não se percebia o que era. Tábuas, blocos, um guindaste (e se ele se descontrolasse e esbarrasse no nosso sótão?). Não via as fundações, o que fica debaixo de terra. Nem vemos, nas árvores, as raízes, nem nas casas o avesso, as ligações, os circuitos internos. (Exceto no Pompidou, delirante subversão vital.) No corpo é igual. A pele cobre tudo. Tapa as veias, os órgãos, os músculos. Sabe-se lá o que se passará dentro. O que se passará dentro de mim.

A palavra letargia é sinônima de hibernação, aplica-se a este tempo. Quando rasgar, nascer, furar, vou ser o quê?, fazer o quê?, fazer o que com este tapete? Enrolar ou desenrolar?

Houve uma pequena emergência hoje. Uma pessoa meteu-se num negócio onde se exprimiu a sua ganância. Subitamente viu-se bloqueado no meio de uma trapaça, responsável perante terceiros. O chão a fugir-lhe, a sensação de ter desgraçado a mulher e o filho. Pensou matar-se. Foi despejado um tonel de água sobre a situação, tudo mais calmo. Dia consumido por isto.

Há uma destas no *Casmurro*. O pai da Capitu também pensa matar-se quando sente a desonra. A mãe de Bentinho diz-lhe que tenha juízo e se porte como um homem.

Foi aberto um concurso para recrutar cinquenta pessoas para dar apoio aos sem-abrigo, a lares, serviço social. Em poucas horas concorreram setecentas. Já há muita gente aflita.

Rebentou um cano em casa do vizinho. Cano da casa de banho. Em cima da nossa cozinha. Muito desagradável.

O meu pai tocou guitarra. Emocionei-me um pouco.

5 de abril,
vou deixar de contar os dias do isolamento

Minha boa amiga,

há muito, muito tempo que quero escrever-lhe.

Hoje achei que não podia mais porque tinha encontrado o presente que lhe queria dar. Uma história. Está no fragmento do meu diário, páginas dos últimos dois dias, que lhe mando aqui. É como a vida por dentro.

Tive um câncer da mama em outubro do ano passado. Estou muito bem. Não tive de fazer quimioterapia. Cheguei a pensar fazer-lhe uma visita. Acabei por não ir.

Quando olho para o meu seio, com o mamilo ainda ligeiramente azul e um corte vertical de onde tiraram o nódulo, penso nos seus desenhos. Como desenharia este corpo? Que corpo meu veria eu quando me visse nos seus desenhos?

Há cerca de um ano estive nos Estados Unidos a fazer investigação para o meu doutoramento. Um dia encontrei no café do bairro um postal com uma boneca e umas roupinhas de papel. Estive quase a mandar-lhe, lembrei-me que gosta delas. Eu também tinha bonecas dessas na minha infância.

Um dos meus professores estava fascinado pelo seu trabalho, que conhecia há pouco tempo.

Mudei de casa e pus no meu quarto um dos postais de Natal que me enviou e que agradeço muito. É o anjo, carequinha e com o menino pela mão. Somos nós, essa criança. Precisamos muito de proteção.

Estou em casa há 24 dias com o meu marido, e bem de saúde. Neste momento é tudo.

Pergunto-me como estará. Desenha em casa? E desenha o quê? Tome conta de si, por favor.

Desculpe a ausência tão prolongada. Desculpe escrever agora tantas coisas.

Se a fizer sorrir, já terá valido a pena. Em qualquer caso, saiba que me acompanha os dias, e que penso em si. É a minha forma de a amar.

Querida Patrícia.

O teu toque, o teu olhar salvou-me duas vezes. Quando nos conhecemos e hoje. Uma mão faz muita diferença, pode manter-nos à tona durante muito tempo.

Obrigada por me dares uma página do teu íntimo.

O nódulo na tua mama: o meu tinha alguma ameaça, o teu nada. Minha querida: acredita.

Comecei a escrever um diário e tem sido catártico. Não conseguia escrever uma linha há meses, ainda não tinha conseguido pensar-escrevendo sobre a doença. Tudo agora a vir ao de cima.

Faço psicanálise por Skype. Ajuda-me muito, em particular neste período de clausura.

Tens muita sorte. Tens tudo o que eu tenho e ainda duas filhas que irradiam luz e força. Âncoras.

Eu não tive nem terei filhos. Estou a fazer hormonoterapia, a preparar-me para tirar tudo (útero, ovários, trompas), fazer o luto do corpo fértil, a recusar-me a fazer o luto do corpo erótico.

Passei os meses da doença a ver todos os dias a Nadia Comaneci no YouTube. Aqueles exercícios ajudaram-me, era como se os fizesse também eu. É preciso concentração, esforço, disciplina, ser de aço e uma pluma.

Não me apetece reler o que escrevi. Espero que o sintas como a minha mão a agarrar-te. Recebe o meu amor e a minha gratidão: nunca admirei tanto os médicos, os investigadores, os que estão na trincheira. Força.

E vai-me dizendo coisas.

Muitos abraços e beijos e carinhos e força.

A Patrícia escreveu-me.

Vi-a na véspera de ser operada. Medicina molecular. Identificação do gânglio sentinela. Exame de horas. Sabe-se lá quantas. Injetam o contraste e observam de quando em quando para detectar o movimento, ver no escuro. Por acaso tinha uma micrometástase.

Cumprimentamo-nos com um passou bem. Algo formal. Quando a enfermeira saiu, Patrícia foi mais efusiva.

— Gosto tanto de a conhecer. Tenho tanta pena de a conhecer nestas circunstâncias.

Lê os meus livros. Segue o meu trabalho desde o tempo em que eu era jornalista.

Patrícia tem agora um nódulo. Ressonância magnética inconclusiva. Repete em junho ou julho. A mãe não sabe.

Quando pensei contar à minha mãe que tinha tido um câncer, era meio de novembro. Já tinha passado o perigo. As minhas irmãs opuseram-se. Ou seja, discordaram.

— Tu não estás aqui todos os dias. Isso vai destruí-la. Se queres contar, ao menos conta quando tiveres acabado os tratamentos. Só há uma palavra que ela vai ouvir: câncer.

Há umas semanas, no sofá da casa nova, a minha mãe aponta:

— Olha o Marco Paulo, outra vez com um câncer. Já se sabe, ao cabo de cinco anos volta.

Não contei. Tenho este caroço na garganta.

O João acha que a infantilizamos. A Rosa acha que é uma traição, que não se esconde isso da mãe. Mesmo que seja para a proteger. Por que é que ela precisa de saber? Será que alguma vez vai saber? Não sei a resposta.

Durante as horas de espera, enquanto um fio azul corria pelo meu peito à procura de células cancerígenas, falei mais de uma hora com a minha mãe. Sozinha no gabinete, estendi as pernas. Fui omissa, mas não mentirosa. Omiti onde estava. Omiti tudo o que importava naquele momento. Falei das mudanças da casa (mantive-as para o dia seguinte, como se nada se passasse), de limpezas.

No último exame, a Patrícia fez-me marcações com uma caneta. Perguntou-me:

— O que está a ler?

— Sabe, estou a fazer o doutoramento.

— Sei, sobre Machado de Assis.

Se não estivesse ali, naquele lugar que parecia a NASA, portas de um metro e uma tonelada, estaria numa sala da faculdade a discutir o meu projeto de tese: "Fecundidade e infecundidade em Machado de Assis: o problema dos filhos e da autoria na sua obra".

Discuti o projeto quatro meses depois. Estava ainda um bocado burra.

Semanas mais tarde, recebi correio da Patrícia. Estava no Douro, de férias. Tinha levado para ler *Memórias póstumas de Brás Cubas*. Eu continuava com ela, ela comigo.

Coragem, Patrícia!

Acordei maldisposta. Zonza. Ontem à noite bebi um pequeno cálice de armanhaque. Queria Hennessy, porque é o conhaque preferido do Ozu. Saberá a quê? À falta de Hennessy, foi armanhaque. O meu fígado já não está para este carrossel.

Ainda não passou completamente.

Pretendo ver um filme do Ozu esta tarde. Será que chego a ver? Um dos últimos filmes que vi antes do confinamento foi *Pai e filha*. Melhor ilustração do complexo de Édipo que conheço.

O João está muito contrariado. A resolver o problema que vem da casa do vizinho e a trabalhar por Skype. Fala aos gritos. Dou-me conta de que há uma energia bruta que não pode ser expelida e que esta articulação é uma forma de se libertar. Fechei a porta da cozinha e a porta do meu gabinete, e mesmo assim ouço um rumor.

7 de abril

Sem querer, o diário anterior ficou desformatado.

Ontem não escrevi. Vou fazer como a mãe da Noemi Jaffe e escrever hoje como se estivesse no ontem, naquele presente, até porque continuo presa àquela fração do tempo.

Hoje [ontem] a Aurora disse-me que estava constipada e com sintomas de covid desde terça. Foi uma enfermeira lá a casa fazer o teste.

Há cinco pessoas infectadas na clínica onde faz tratamentos.

A ideia de que a Aurora pode estar por dias, e que sabe que pode estar por dias, deixou-me com uma corda apertada no pescoço. Não consigo respirar até ao fundo.

Hoje [hoje] a Aurora está mais tranquila. Aguarda o resultado do exame esta tarde. Pode ser que seja apenas uma bruta constipação.

Hoje [ontem] passei o dia na cama. Li o Livro de Ezequiel e surpreendeu-me que Deus fosse tão severo, tão zangado, tão vingativo. Só matança.

A minha irmã foi à dentista arrancar o dente do siso.

A esta hora, do dia 7, Godard está a dar uma *masterclass* sobre o poder da imagem em tempos de pandemia. No Instagram de uma escola de cinema de Lausanne. Gostaria de ver, mas não sou capaz. Vou saber *a posteriori* com a noção de que tudo é em diferido. Descoincidimos do presente uns dos outros, embora as linhas se intersetem, ouçamos o eco das vidas dos outros.

Quando transcrevia entrevistas, tentava manter a respiração do momento, mas cortava a gordura, as repetições, o que não estava lá a fazer nada. Interrogava-me como seria a vida se ela fosse editada. Apenas atenta ao que era essencial. A reprodução integral de uma vida não cabe num diário ou num filme. Só o resumo. Belo exercício, o de saber o que deve entrar e o que fica de fora.

Tive sessão de psicanálise e estava mesmo precisada. Estou como o leão na jaula da minha mãe. Sem fúria. Só receosa de perder a Aurora. Persiste a dor de cabeça que tenho desde domingo.

O psicanalista disse que tenho um supereu patológico. Expliquei que não bebo um copo de vinho nem armanhaque com medo de ficar bêbeda e para não engordar. Dizia isso e metia dois dedos na saia, verificando o quanto emagreci. Repito a formulação da sessão anterior: nada supera o prazer de me dominar. O comentário dele resultou de me queixar do fígado. Ele remete para a minha culpa. O problema não está no órgão, mas na minha culpabilidade.

Continuo zonza.

Esta tarde vêm entregar um folar da Páscoa. Vou comer.

Encomendamos cabrito da Páscoa para os amigos. O senhor Belmiro vai entregar a casa de cada um deles.

Mandei páginas do diário para a Soledad, presente dos seus setenta anos. Agradeceu e disse uma coisa importante: que são notas para outra coisa. Não tinha pensado nisso, a possibilidade agradou-me.

Se o João, para quem escrevo, para quem vivo, não gostasse, eu cairia do cavalo. Ficaria entre a vida e a morte, no sentido em que não teria forças para continuar, não me apeteceria viver — o que é diferente de ter vontade de morrer. Os meus sinais vitais estariam numa linha contínua, parada. Estou a ver o meu corpo no chão, pisado, escoiceado, quase esquartejado.

Uma vez, no Dubai, vi um cavalo ensarilhado numa corda. Segundos intermináveis, o seu corpo desabrido, um tiro certeiro a matá-lo. Eu estava muito perto. Era uma prova de cavalos no deserto. Fiquei devastada, o animal a jazer.

Agora, neste instante agora, fiquei exangue. A Aurora está positiva.

Os sintomas melhoraram, a febre é baixa e quase não tosse. Os médicos não acharam que fosse necessário interná-la.

Tenho de fazer a minha parte, ser anjo da guarda da Aurora. Para isso, preciso de acreditar que ela vai resistir. Mesmo que saiba que o coração é fraquinho.

8 de abril

A meio da manhã falei com a Aurora.

— Não estou nada bem, mas estou em boas mãos.

Foi ontem internada no Curry Cabral. Era o lugar para onde queria ir, no caso de estar infectada e precisar de cuidados. Uma amiga influente mexeu-se para que uma ambulância a fosse buscar e a transportasse para o hospital. Ontem à noite, depois desses tormentos, confidenciou à assistente que estava no paraíso.

Devia estar em tratamento esta manhã, quando liguei. Tem uma crônica insuficiência respiratória. Um coração débil. Apenas um rim. Não podemos senão esperar e ver se o corpo aguenta.

Imagino um gigante, Golias. O corpo em falência é o Golias. Os nossos carinhos e o espírito indômito de mulher rija são o David. Como fintar o mostrengo, derrubá-lo com uma pedra? Ou devemos aceitar a morte?

Aurora é médica, sabe dos perigos que corre. Uma parte de mim sabe que ela vai morrer. Imagino as Parcas, tecedeiras do destino, a preparar o corte do fiozinho. Também lhes chamam Moiras. Há uma representação com as cores de vaso grego. E um tear.

A minha mãe comprava meadas e fazia camisolas. Tive um casaco às riscas amarelas e castanhas, como a Abelha Maia. Para o fio não ficar cheio de nós, fazíamos um movimento com os braços, um movimento ligeiro. E, a grande velocidade, a minha mãe formava um novelo. A isso chama-se dobar.

Que estranho ter pensado em teares e tapetes nos últimos dias, com insistência. Uma assombração vinda do nada. Estava, sem me dar conta, a pensar no destino e na morte.

O medo teve uma reverberação física em mim. Como uma pedra atirada na água que faz círculos. É uma pedra atirada para dentro, para um lugar onde está um incêndio, e que o faz crepitar ainda mais. Senti náusea, senti-me desvitalizada. Invadiu-me um medo por Aurora que não senti por mim mesma, nem nos primeiros dias do câncer.

No fundo, eu nunca tive medo — este medo — de morrer.

Percebo como devem ser medidas as palavras dos médicos.

— O seu prognóstico é o melhor.

Disse o cirurgião.

— Havia afinal uma micrometástase no gânglio sentinela. Não altera absolutamente nada o prognóstico.

Ouvia essas palavras com surpresa. Repetia de mim para mim, num íntimo silêncio, com uma calma fria.

— Claro que não vou morrer.

Se as palavras dos médicos forem imprecisas, podemos ficar enovelados.

A compreensão da palavra "grave" também se alterou esta manhã.

Ao mesmo tempo, devo fazer a minha parte de anjo da guarda que vela muito bem. Mas como?

Vi uma traça dependurada no teto da sala. Na casa nova já vi aranhas, moscas, traças. Pacientemente, fui buscar uma vassoura comprida, matei a traça.

Falei ao telefone com a Ana Ester. Mostrou-me os recantos do seu quarto.

Pedi ao João que transferisse dinheiro para o meu psicanalista. Algum embaraço.

Organizei os pedidos do cabrito da Páscoa. Pus a demolhar mais bacalhau.

Ouvi em *repeat* as Bachianas do Villa-Lobos.

Não consigo ler, nem estudar, já denoto um certo fastio do WhatsApp.

Escrevo como quem doba, junta pedaços de vidro, alisa e vê aparecer fios de ideias.

Pensei reler o *Brás Cubas*.

"Foi então que desabotoou em mim a hipocondria, essa flor amarela, solitária e mórbida, de um cheiro inebriante e sutil."

Era o período de luto pela morte da mãe, na Tijuca.

Expliquei a uma amiga quem é a Aurora.

— Uma espécie de mãe?

A formulação certa é:

— Uma outra mãe.

9 de abril

Sinto que engoli uma pedra. Não tenho nenhuma possibilidade de a digerir, esmigalhar. A pedra é a vida da Aurora. A febre baixou ligeiramente, continua com oxigênio.

Como é quinta-feira, fiz limpezas. Mais depressa do que o habitual. Uma pessoa adapta-se rapidamente.

Comecei a ver *O botão de pérola* do realizador chileno Patricio Guzmán. Lá se diz que o pensamento é como o oceano: molda-se continuamente.

Escrevo na sala. No andar de cima, escuto urros, fico assustada. Devem ter um saco de boxe. Também eu ando aos murros.

Amanhã vai ser um dia muito feliz. Fazemos vinte anos de casados. Vou pôr na mesa a toalha de casa dos meus sogros, pôr o serviço Vista Alegre que só se usa nos Natais, beber Quinta da Leda, estrear o vestido de deusa que comprei para uma festa que ainda não se fez.

11 de abril

Ontem não tive vontade de escrever. Hoje também não tenho vontade de escrever.

Pus um colar de pedras que a Aurora me ofereceu. Formas de oração.

Pusemos a mesa. A toalha de algodão grosso e renda de cor creme, a louça com pássaros e flores em tons de tijolo. O faqueiro comprei-o há um ano, numa feira de rua em Berlim, quando a vida era solta. As velas eram do Loreto. Fiz uma jarra com flores amarelas deixadas no tapete pelos meus compadres.

Segundos depois de ficar pronta, soube que a Aurora piorou e que iria ser transferida para São José. Desabou o mundo, a armação, eu naquele andor. Despi o vestido. Horas ao telefone que me deram algum fôlego: as notícias não eram péssimas.

Começamos a jantar às onze da noite. Novamente vestido. Bebi demasiado vinho, ou talvez não: hoje percebi que a garrafa está a pouco menos de meio. Permiti-me gelado e bolacha de chocolate. Não sei como consegui inventar e deveras sentir alegria. Vendo as fotografias, parecia uma festa sem mácula.

São quase seis da tarde. Estão a entregar os cabritos que distribuímos pelos amigos.

Não consigo fazer nada que exija alguma atenção e permanência. Vivo à espera. No sobressalto de saber que a Aurora vai morrer em breve.

Ando há dias a pensar que o meu mundo é um mundinho. Escrevo sobre coisas sem importância, não tenho ativa a faculdade do juízo. O meu normal não é pensar criticamente sobre os assuntos, os movimentos da sociedade e do mundo. É ser tocada, interferida, aderir ou rejeitar na epiderme.

Estou um pouco deprimida.

Amanhã faz um mês que estamos confinados. Na segunda, preciso de levar a injeção mensal.

Domingo de Páscoa, 12 de abril

Comi cabrito. Não comia carne desde o Natal do ano passado. Talvez sugestionada, tive a impressão de ter um tijolo na barriga. Compacto, duro, cimento. Vou contar quantos dias fico sem ir à casa de banho. Mas soube-me bem.

Acabo de me lembrar que há um ano, dia de Páscoa, escrevi as primeiras páginas de um romance. Um desastre, acharam os editores.

Não chegamos a ir pela costa da Nova Inglaterra, porque chovia. Segui um impulso no dia de Páscoa. Nascer ou renascer, não sei bem. A biblioteca estava aberta. Só fechou no dia da grande nevasca, como tudo. Devido ao *inclement weather*. Escrevi na sala silenciosa, piso abaixo do térreo, com vista para copas de árvores. Tempo feliz.

Este também é um tempo feliz, por estranho que pareça. Hoje foi um dia feliz. Saímos para dar um passeio. Vi melros, papoulas, o despontar vivaz da primavera. E duas borboletas brancas: bom augúrio.

Saímos depois de eu chorar. Acabara de receber o relato da Assunção, médica do São José, antiga aluna da Aurora. O que contava era comoventíssimo. Descrevia um corpo inchado, virado de barriga para baixo, uma velhinha muito, muito, muito — escreveu três vezes — frágil. Envolta em maquinaria, tubos, barreiras, encontrou espaço para que dois dedos seus agarrassem a mão da Aurora. Falou com ela. Exprimiu admiração pelo caráter e dignidade, a gratidão dos alunos a quem Aurora ensinou a capacidade de se questionarem. Pareceu-lhe que Aurora a sentiu, porque apertou um dedo. E, apesar de Aurora não ser religiosa, rezou uma Ave Maria. Foi uma despedida.

Nessa mulher que não conheço, Assunção, estou eu, estamos tantos. Tranquiliza-me um pouco saber que a Aurora não morre sozinha, que há alguém que lhe segura na mão, em particular que esse alguém tenha sido sua aluna. Ela é a professora Aurora até ao fim.

Estou há dias a despedir-me por dentro. Hoje de maneira mais decisiva.

13 de abril

"Seis meses após o estupro, eu continuava abatida." Seis meses após a cirurgia, eu sinto-me abatida.

A frase é do romance novo da Tatiana Salem Levy. Uma das incontáveis peças, discos, livros aprazados para este tempo e que foram postos no limbo. Gosto do silêncio da leitura e do tumulto de vozes que se acendem em mim quando leio.

A palava estupro leva-me para um episódio memorável da minha psicanálise. Deve ter sido a primeira vez que o psicanalista disse sem disfarce que me achava inteligente — e como eu me achava burra nesse tempo. Sonhei que o meu carro novo tinha sido vandalizado. O vidro do banco de trás tinha sido perfurado nas bordas. Magicamente o interior mantinha-se intacto. Eu sabia que estava a sonhar e que aquela inteireza era impossível. O lógico seria que o vidro se estilhaçasse, desfeito em mil pedaços como uma travessa de pirex. Era uma membrana que continuava esticada, suspensa no ar. Apesar de toda a ligação do vidro à borracha ter sido destruída por um, por um... como se chamava aquele objeto perfurante, pontiagudo, imitação rigorosa de um falo? Não era estupro. Não conseguia chegar lá, mesmo que já tivesse chegado lá. O que eu descrevia era um estupro. O objeto era um escopro.

O psicanalista disse que até a sonhar era inteligente.

Engoli em seco.

Sempre penso, quando faço bem cocô, que estou a expelir um falo. Fiz hoje um assim. A carne que comi há dois dias não ficou muito tempo em mim. Sinto-me depois limpa. Sinto durante um prazer de orgasmo.

Dói-me um pouco a barriga. Veio uma enfermeira dar a injeção mensal. Fechei os olhos. Tive a tentação de ver o tamanho da agulha, a mola, o líquido grosso. Fiz bem em não ver.

Estava um pouco nervosa. Antecipei a dor quando li a descrição de *Vista Chinesa*: a necessidade de abrir um pouco mais as pernas no exame ginecológico. Tudo me dói um pouco, mesmo que não doa nada. Uma pessoa aguenta. Esta pessoa aguenta tudo.

Desceu uma anestesia sobre mim que me impede de sentir dor aguda. Dor excruciante — essa palavra que só se usa para dores insuportáveis —, nunca senti.

Essa anestesia vê-se no céu branco de hoje, opaco, uniforme. Vivo sem certezas, palavras, concentração. Evadi-me da obrigação de estudar. Vou ler romances para me alhear, como quem vai ao jardim e vê caras novas. Aqui, em vez de caras, são palavras.

Comecei o dia lendo fragmentos de um livro sobre o movimento da escrita. Deparei com um verso de Auden, poeta preferido de Aurora, que é uma exortação e um epitáfio: *veste a tua tribulação como uma rosa*. Sublinhei no livro isto: "Escrever é essencial. Os momentos muito importantes não se podem escoar. Tem de se pôr uma rolha no rio. Tem de se fazer parar o rio, senão aquilo vai tudo. Não temos uma memória infinita e a pessoa não se vai lembrar dos pormenores todos, é impossível. A sensação que tenho é que escrevo, e sobretudo escrevo em alguns momentos, para fazer parar o momento".

Imagem poética e com um fio de exatidão: pôr uma rolha no rio. Estancar o fluir, o movimento, o Heráclito, parar a vida, criar cápsulas, circunscrever. Senão aquilo vai tudo na enxurrada. Quando tentamos apanhar água com as mãos, reter a água viva, sabemos que ela escorrega. É mais fácil guardar uma pequena pedra, os elementos sólidos, uma coisa que tem consistência. Mesmo esses, como são mesmo? Sabemos descrevê-los, guardar uma coisa?

No primeiro chá com Aurora, falamos das rosas do seu jardim. De como teriam sobrevivido à intempérie da noite anterior. Tão desprotegidas. Aurora lembrou que têm espinhos, pétalas, que ferem e deslumbram. E juntas compreendemos que o aroma da rosa não se vê numa TAC,* não se isola no microscópio. Não quer dizer que não exista, que não se sinta, que não opere milagres.

Há uma coisa que não se detecta, mas que é da maior importância. A esperança. Desde ontem à noite tenho alguma esperança. Deixei de ver o corpo da Aurora inchado, barriga para baixo, como um totem. Passei a acreditar no riso, que, como a música, não aparece na TAC, de como o riso pode levantá-la, torná-la leve, devolvê-la à esfera da vida.

— Eu sabia que estava doente, mas não compreendi que estava a morrer.

Disse-me há dois anos. E agora, que compreende ela do seu estado? Até onde está lúcida, consciente de que vai morrer, durante quanto tempo?

Surpreendeu-me esta manhã uma nota sua, num cartão que acompanhava um presente. Eu era uma primavera que já não esperava, agora que vivia no outono. Não me lembrava desta declaração de amor.

Se estivermos no inverno, Aurora, as duas, saiba que a seguir chega a primavera. Até já estamos na primavera. Vivemos

* TAC é a sigla para Tomografia Axial Computadorizada, também conhecida como Tomografia Computadorizada (TC). (N.E.)

um longo inverno no Hades, com um grão de romã debaixo da língua. À míngua. Em breve faremos o reencontro, como a Perséfone e a mãe, a deusa Deméter, e voltará a haver trigo na Terra.

Conversa este janeiro, ou fevereiro:

— Aurora, tenho medo de estar burra.

— Não está, não, é um cavalinho lindo, que corre muito bem.

Em que eternidade foi janeiro ou fevereiro?

Duas vezes por dia chegam as notícias do hospital. O resumo: quadro estável na instabilidade. Grave. Mas viva.

Amanhã vou ter análise e começar por dizer: a Aurora está a morrer. Se mantiver viva a esperança, se acreditar o suficiente, digo: a Aurora está a regressar de um lugar onde esteve a morrer.

Meio ano depois, sinto os efeitos da doença. Esta injeção. Estou abatida, com medo da morte. Não tanto com medo de morrer. Diferença enorme.

Meia-noite e vinte. Volto ao diário para escrever que tudo em mim é fúnebre, e muito triste. Vou dormir e amanhã vão dizer-me que a Aurora morreu durante a noite. Imagino que esteja muito sedada e que não perceba que a vêm buscar. Nem sinta dor. Isso consola-me de alguma maneira.

Fui procurar uma fotografia nossa em que rimos muito, mas não a encontro. Encontro uma fotografia em que as suas mãos estão pisadas das agulhas. São um mapa da violência a que o corpo é submetido, dia sim, dia não. Viver dia sim, dia não: por quê? E tinha alegria, e queria.

Ouço Janet Baker interpretar o lamento de Dido na ópera de Purcell. Aurora foi ouvi-la todas as noites quando estava na Escócia.

Quis ver as flores amarelas de Gerhard Richter. As flores amarelas e mórbidas da melancolia do *Brás Cubas*: pela morte da mãe.

14 de abril

(Ontem doía-me a garganta. Sinto desde há uns dias uma impressão na garganta e no peito, como um velcro a levantar. Em momentos irrespiráveis, quase não tenho ar para prosseguir. Se me dissessem que tinha uma tábua atravessada na garganta, eu acharia possível.)

Aurora viveu entre outubro de 1939 e esta madrugada.

Demorei a adormecer. Deviam ser quase duas quando uma parte de mim se deixou ir. A essa hora, nessas mesmas águas movediças, Aurora sucumbia a uma septicemia generalizada.

Estava em coma induzido. Não sofreu.

Preparou com detalhe as suas exéquias. A música, o lugar de partida, o lugar de chegada. Há duas semanas escreveu aos amigos uma carta de despedida. Amanhã, será lida nos Olivais. Estarão apenas as dez pessoas permitidas. Será cremada.

Quanto tempo demora uma cremação? Quando tempo demora a reduzir a cinzas um corpo com tanta coisa inscrita? A memória biológica, o eu biográfico, as pregas do cérebro de onde nasceram tantas perguntas, quanto tempo demoram a ser consumidas? Quando se faz uma autópsia, esta vida aparece? Como é o cérebro morto de uma pessoa criativa?

Primeiro encontro, 2014. Fala das autópsias que fez com o seu mestre. As autópsias ajudam a compreender que não se sabe nada. Julgamos que sabemos, e afinal não sabemos. E isso, como aprendeu e depois ensinou aos seus alunos, é o mais importante: o que não se sabe.

Acordei tarde, não quis ligar o telefone.

Não quero pensar na Aurora morta. Quero pensar na Aurora como quem pensa numa criança que faz perguntas, fascinada. E agora, quando quiser perguntar o que fazer, pergunto a quem?

O psicanalista não sabia.

No banho, antes da sessão, ocorreu-me perguntar-lhe como eram os dois na faculdade, jovens. Bem antecipando que a resposta tinha de ser minha, que os fantasio como casal parental. Só os consigo ver num dia de sol, a celebrar a vida. Não imagino o silêncio das horas de estudo, nem o escuro opressivo daquele Portugal.

O pediatra de Ana Ester recupera. O meu psicanalista está de saúde. Foram buscar a Aurora.

Amedronta-me que tudo tenha sido tão rápido. Uns dias.

Cortei as pontas das orquídeas. Não estou segura de que tenha sido uma boa estratégia para desobstruir uma vida que está ali guardada, no interior de uma cana verde. Não a podemos dissecar (como nas autópsias). O meu impulso foi podar e dar liberdade.

Mário Centeno, ministro das Finanças de Portugal, deu uma entrevista na qual disse que a queda do PIB vai ser catastrófica. Não o disse assim, disse-o de uma forma velada. Vamos sofrer tanto.

Há instantes ouvi um raio e pensei numa fúria bíblica. Não consigo adivinhar a vida que se vai desvelar ante os nossos olhos. Só sei que estará cheia de sofrimento.

15 de abril

Recebi flores, li poesia.

Os vestígios físicos da presença de Aurora na Terra desaparecem. O corpo é cremado.

Comecei o meu luto.

Atentei em duas fotografias antigas. A vista da janela do seu laboratório, na Escócia. As galinhas são as mesmas. Numa é inverno e há neve, na outra é verão. A paisagem é simples: árvores, uma cerca, uma casinhota. As imagens dão a permanência dos dias, os ciclos da natureza, a rotina de quem vê todos os dias as mesmas ramagens ao fundo, o andar sem tino das galinhas, que comem e mais o quê?, o tempo que pesa de outra maneira quando o vemos à distância de cinquenta anos. A vida visível daquela janela dá-nos o tempo cronológico da Aurora. Tem agora a espessura do tempo histórico e da eternidade.

O diário que escrevo será uma extensão de mim, mostrar-me-á, quando me ler no futuro, como atravessei um chão de cacos, onde nos cortamos, sangramos, mais e menos. Os mais pobres mais. Os mais pobres sempre mais. Merda de mundo.

Quase ao fim da tarde, tomei banho, tirei o verniz das unhas, pus descolorante no buço. Lembrei-me do quadro em que

Frida Kahlo corta o cabelo, bem curto. Uma forma de mutilação. Frida sentia uma parte de si amputada depois de saber da relação de Diego com a irmã.

Falei com uma amiga ao telefone. Soube que o padrasto a assediou no fim da adolescência. Não chegou a contar à mãe. Quase lhe disse, tantas vezes, e por fim, não. Mas a mãe chegou a dizer-lhe, quase por acaso, que um dia tinha sido vítima de violação.

O corpo das mulheres é um lugar de batalha. No nosso imaginário, vemos aleijões, partes decepadas, a sombra de um cutelo a acompanhar os nossos passos. Não me surpreendeu a confissão da minha amiga. A maior parte das mulheres sofre na sua vida alguma espécie de violência sexual, psicológica, moral. E não conta. Carrega os seus túmulos em vida, como se não fosse nada.

19 de abril

Não sei há quantos dias estou confinada.

Não tenho conseguido escrever. Nem subir e descer escadas.

Sexta, um dia mais tarde do que o devido, fiz grandes limpezas à casa.

Hoje é domingo e saímos para uma caminhada. Foi demasiado longa e acabei cansada. Vimos pessoas, mesmo que à distância e munidos dos paramentos deste tempo: luvas, máscaras, gel desinfetante.

Tenho medo de estar infectada. Tenho tosse. Sinto uma dificuldade em respirar até ao fim. Deve ser ansiedade. Deve ser do ar condicionado. Também tenho dor de cabeça. Tudo ligeiro.

Ontem recebemos uma horta em casa, viçosa, uma maravilha. A seguir demoramos umas duas horas a desinfetar peça a peça. Uma trabalheira e uma angústia. Vacilamos em algum momento? Afrouxamos os cuidados?

Pedi que entregassem *caponata* a uma amiga psiquiatra. Estava destroçada. Um paciente esquizofrênico entrou em delírios místicos e matou-se às três da tarde, hora de Cristo. Achou que era Sexta-feira Santa, mas era quinta. Defenestração.

A minha irmã experimentou fazer biscoitos e salame de chocolate, uma compota, sal com limão, nozes caramelizadas. Juntou um postal do David do Michelangelo comprado em Florença. Mandou pelo colega de trabalho que faz todos os dias Porto-Lisboa.

Receber flores, comida, atenção confortam-me muito. Apesar disso, sinto-me a vir por fora — e como eu tinha orgulho na minha capacidade de me conter. Estou especialmente sensível, como todos, à conta do confinamento. A menopausa induzida quimicamente também me faz mais suscetível, virulenta, arrebento com o mundo sem querer. De onde vem o pó ácido que tenho dentro de mim? Uma coisa verde e abrasiva. Estava tão apaziguada, de onde é que isso veio?

20 de abril

A vida está desregrada. Almoçamos às quatro ou cinco da tarde, quando já estou faminta e capaz de esgadanhar.

Desci para apanhar compras trazidas pelos vizinhos. Tive saudades de dar passeios. Tive saudades de ir ao cinema, ver ao longe a Cinemateca. Tenho pensado no filme do Charles Laughton *A sombra do caçador* desde que estamos confinados, talvez porque me veja nas crianças que morrem de medo do padrasto homicida. O medo do futuro, da pobreza, da doença assume múltiplas formas. E quero, como os meninos, ser acolhida na beira do rio por uma mulher valente, que vigia de espingarda em riste.

No regresso, subi e desci as escadas três vezes. Invadiu-me uma sensação de calor e alívio. Há dias que não o fazia. Bem como escrever. Ter conseguido cumprir essas duas tarefas significou unir uma costura que estava esgarçada.

21 de abril

Ando no intestino da vida. Não é o mesmo que esgoto. Sinto que estou dentro das vísceras, da vida em processo, que compreendo enfim o significado de metabolismo, ainda que não tenha uma compreensão científica do que isso é. Penso na comida que é transformada em caca, em gordura, em memória, no que é absorvido e expelido, no tempo de gestação e separação. Observo as minhas fezes como se pudesse ver nelas vestígios do que fui ou me aconteceu. Os gregos viam nas vísceras dos animais um desenho do amanhã.

A distinção entre intestino e esgoto é importante. No esgoto é o imundo, a náusea, uma corrente pestilenta. No intestino, a matéria é convertida numa outra coisa, opera-se vida.

As primeiras duas frases apareceram-se esta tarde. Tudo agora é mais interior, estou mais atenta às necessidades do estar viva. Viver confinada exponencia esta realidade. Sinto que a primeira frase é um clarão: porque me retira o medo de ser merda, me mover na merda, valer merda, só poder esperar merda, comer merda, ter de comer merda. Que quer dizer essa frase da minha avó que agora me rebenta os ouvidos:

— Come merda, que os cães também a comem e estão gordos.

Persiste a impressão na garganta. A tosse é seca, tenho-a desde a morte da Aurora, há uma semana. E uma dificuldade em respirar.

Na noite passada, li, numa edição brasileira, "Sapatos rotos", breve texto da Natalia Ginzburg d'*As pequenas virtudes*. São quatro páginas onde reside a essência do mundo. Invadiu-me uma sensação de absoluto, de não ser preciso comentar nada, de o silêncio ser a única coisa possível perante aquele assombro. Como com a comida, só devia mastigar, mastigar, fazê-lo muda. Ir até aos meus muitos sapatos rotos.

Tenho alguma dificuldade em dissecar aquele conto (se se lhe pode chamar conto). Qualquer coisa nele é irredutível à palavra, à decomposição da matemática, da racionalidade. Ao mesmo tempo é muito simples. Conhecemos o significado de todas as palavras. A estrutura é digressiva, como é próprio do gizar da memória. Os temas aflorados são a orfandade, a maternidade, a pobreza, as ruínas, ter um sentido, não ter um porquê e quase "jogar a vida aos cães" (que eu leio como suicídio), o abismo que se funda quando os sapatos da infância são rotos, a literalidade de roto, o simbólico de roto, os caminhos que escolhemos percorrer com os sapatos rotos de que dispomos, mais os sapatos que somos capazes de moldar com as mãos.

Boa parte da sessão de análise foi feita com esse material. Explicitei a diferença entre ter na infância sapatos sólidos e sadios (expressão dela), que nos permitem, mais tarde, fazer a distinção entre agradável e necessário. Os sentidos literal e simbólico misturam-se no conto de Natalia, mas eu acentuei a diferença — quiçá radical — que há entre ambos. Não falo de desamparo, falta de amor. Falo de pobreza.

O meu pai teve uns sapatos na sua infância remediada. Para não os estragar, tirou-os para jogar futebol, pô-los junto à linha de campo. No final tinham sido roubados. Levou uma grande tareia do meu avô.

A tarde foi um desastre, mas necessária. Horas a divergir sobre as palavras, as ideias, os fatos, as linhas interpretativas, as derivações possíveis, as excessivas. A revelação de um abismo deixou-me

à beira de me atirar do sexto andar,
atirar o Zé Povinho contra a parede,
ir-me embora.

João é tão inteligente e tão culto que num ápice convoca o contexto dos judeus na Segunda Guerra, as batalhas, o que foi específico em Itália, o tempo de que Natalia fala. Exumação muito competente do cadáver.

Ao mesmo tempo, e como repete o pai de Natalia no *Léxico Familiar*, é um burro. Tão burro que me surpreende. Como é que uma pessoa tão inteligente pode ter a inteligência emocional de uma pedra? Usei a palavra "obtuso", que é menos ofensiva. Fraco eufemismo.

Quando sou a menina carente que precisa de ser acolhida como tesouro, argumenta que não tem importância ter tido sapatos rotos, porque fui capaz de fazer sapatos extraordinários pela vida fora (e ninguém como ele, é verdade, valoriza os sapatos que fui capaz de modelar e coser).

Este grau de estupidez (isto é, incapacidade de entender) a pobreza como núcleo da célula magoa-me.

Quando não me sinto reconhecida nos meus movimentos intestinos, sinto-me merda, ouço os que intimamente me acusam de ser merda que não quer ser merda, que quer disfarçar a merda, incapazes de reconhecer o que fiz com o meu lixo orgânico, com a minha merda orgânica, merda viva, minha, de uma triagem que o meu ser, sabe-se lá como, foi capaz de inventar para sobreviver. Elimina o mau, o que fermenta e fede, aproveita o bom, o que te robustece e dá músculo. Para não petrificar na merda. Para não morrer por dentro e atirar a vida aos cães, sejam eles o animal cão ou as tropas nazis.

O João conhece a sensação de ter sapatos rotos, se a tradução disso for: carência emocional, sentimento de desamparo. Esse sentido é burilado por Natalia, que foi mimada e cresceu numa família onde as crianças tiveram e têm (os seus filhos) sapatos sólidos e sadios. Ter essa preparação para a vida é um escudo. É o que permite desvalorizar o fato de andar agora com sapatos rotos, melhores do que os sapatos rotos que usou durante a guerra.

Aquilo que eu estou a gritar (exausta, como se acabasse rouca) é outra coisa. É que ter frio nos pés, gretas nos pés, coisas espetadas nos pés dói muito. Não é simbólico. É a vida a ser concreta. Talvez fique sempre (não sei) uma cicatriz dessa dor, uma porção que não pode ser deglutida. E o pavor de que ela volte.

Não gosto de andar descalça. Faz-me impressão ter os pés sujos.

22 de abril

A existência quotidiana mexe-se como um rio, uma rua, um caule. É simples e tem segredos. Gosto dessa água que corre mansa, de um modo quase impercetível. Por vezes há pequenos acidentes ou atropelos que nos dizem que as coisas existem, apesar dos automatismos.

Hoje rebentou o meu chinelo. Não tem conserto.

Há dias estragou-se a varinha mágica. Fez um pequeno raio, uma chispa vermelha, e daí a poucos minutos deixou de funcionar.

Ontem cirandavam pelo ar moscas da fruta. Mínimas e silenciosas. Há instantes passeou uma mosca gorda sobre a mesa oval das refeições. Barulhenta, rápida, a zumbir como uma abelha. Foi atraída pelo cheiro das flores.

A ramificação do quotidiano, o escondido, a sombra, o pó, a vida que se acumula e não se vê, desperta-me um fascínio quieto. Estou quieta porque ontem esbracejei demasiado.

Leio uma palavra: mordida. Ontem mordeu-me uma coisa. Ferrar é mais feroz. Dá os dentes cravados, a carne arrancada, filamentos que ficam soltos.

O melhor foi ter sentido a minha capacidade de morder, o dente a romper das gengivas. Apalpar os dentes e perceber que estão cá, como paredes firmes. E que posso usá-los quando sinto a agressão. Mesmo que seja uma agressão nascida do meu estro.

23 de abril

Fiz um arroz de peixe delicioso. Cozi a pescada e o camarão em separado, coei e aproveitei a água. Fiz estrugido com cebola, tomate e alho. Para uma caneca de arroz, foram três de caldo. Por cima, três malaguetas pequenas, fatiadas. Os camarões foram descascados, das postas de pescada retiradas as espinhas, numa operação de minúcia.

Ao pensar na trabalheira e na louça que sujei, lembrei-me de novo da minha mãe. Lida da casa, comida, filhos, outra vez comida, marido. Sem máquina de lavar louça. Sem dinheiro. Todos os dias.

Aqui está uma altura em que não interessa ter dinheiro. Não podemos ter uma empregada. Tradução barata de *my kingdom for a horse.*

Fizemos um pequeno passeio, inesperado. Recebemos um bafo quente. Dentro de casa estava mais frio. As copas das árvores da Avenida da Liberdade já estão espessas. As estátuas que encontramos: Rosa Araújo, Simón Bolívar, Chopin.

Bolívar viveu apenas 47 anos. Menos um do que eu e reconfigurou a América do Sul. Que farei ainda com a minha vida?

A avenida tinha muitos carros. As pessoas começam a furar a boia, a boia esguicha água. Tememos que seja cedo e precipitado.

A minha mãe pensa na roupa que vai usar quando acabar a epidemia. Quer mandar vir umas coisinhas para estrear nesse futuro.

Sonhamos com o verão. Temos de nos mentalizar de que não será como o conhecemos. Para que tudo não pareça uma enorme contrariedade.

Hoje começaram a testar vacinas na Alemanha e em Oxford.

24 de abril

— Receber 25 cravos. Antes disso, libertar duas jarras, cortar pés. Ficaram irregulares.
— Combinar com a florista do mercado da Ribeira o envio de cravos para amigos.
— *Pasta* do Domenico, mais beringela. Presente da Rosa. Infeliz contratempo: oito quilos de massa de *gnocchi* não resistiram da noite para o dia. O desperdício de alimentos e de trabalho deixou-me de coração partido. Tudo para o lixo.
— Os compadres vieram entregar requeijão, compota de abóbora e pastéis de massa tenra. Percebi o lavrar da pobreza quando disseram que já há muitas pessoas a pedir nas ruas. Assaltaram-lhes o carro. O vidro estava partido e tapado com plástico e fita-cola.
— Fiz aletria para Ana Ester.
— Já não me lembro o que foi o almoço. Já tinha trabalhado imenso.
— Pus três máquinas a lavar.
— Tratei de pôr a casa a arejar. Janela entreaberta, para evitar as moscas. A máxima era de 23 graus.

— Interrompi as limpezas para me centrar nas comidas. Era preciso lavar e cozer três molhos de nabiças e um de brotos. Estavam a amarelar. Após o que fiz um purê. Descasquei todas as maçãs, retoquei o que pude, algumas estavam podres. Cozi com paus de canela. Foi preciso limpar o frigorífico.
— Ouvi Stevie Wonder.
— Fervi três pacotes de leite que estavam abertos. Acabou tudo na pia.
— Fiz três máquinas de louça. Lavei pelo menos uma à mão. Olho com orgulho para as mãos gretadas. Porque tenho orgulho nisso?
— Enchi três sacos de lixo. No processo, vou catando peças soltas. Um xampu que tinha acabado.
— Varri por onde passa a procissão, nas sobras dos tapetes, com uma espécie de esfregona.
— Quando se abrem as janelas, entra pó e ouve-se o barulho das obras.
— Limpei o pó dos aparadores, da mesa preta, de todas as peças de madeira.
— Lavei umas setes vezes as portadas e puxadores dos móveis da cozinha.
— Não tive tempo de tomar banho.
— Depois do jantar, pus mais louça a lavar. Sou o macaco que não sai da banca, o macaco do vídeo asneirento que partilhei até a exaustão.
— No Brasil, Sérgio Moro demitiu-se, alegando interferência política de Bolsonaro na ação das polícias. Moro é um bandido da pior espécie. Dizem que pode abrir caminho ao *impeachment*. Ver para crer.
— Não parece, mas tive uma sessão de psicanálise às 10h15. Preciso de ser mais livre. Expliquei como vivo a fazer de minha mãe. Sem parança.
— Os números em Portugal continuam controlados, 34 mortos.

— São onze e meia da noite.
— Telemóvel novamente sem bateria.
— Lamentável, não ter conseguido ler uma linha.
— Tossi menos. Tomei xarope e um chá de gengibre.
— Amanhã não vou fazer nada senão gritar: viva o 25 de Abril!
— Meia-noite: vamos à janela. Ouvimos bem alto "E depois do adeus", a primeira de duas senhas.

28 de abril

Dia 25 foi calamitoso.

Cantamos a "Grândola", o hino, "Tanto mar" e "*Le chant des partisans*" às três da tarde, na varanda. Tristeza grande por não poder celebrar na avenida.

Dia 26 sonhei com uma serpente que tinha na boca um passarinho. O passarinho queria sair, sair. Quando a serpente abria a boca, o passarinho esvoaçava. Ou tentava esvoaçar.

No sonho espelhava-se a asfixia, o medo de morrer. O passarinho sou eu, indefesa e sem conseguir respirar. A cobra era verde e repelente.

No dia 27 aprendi o que é uma composteira. É uma máquina que reduz as cascas e sementes a estrume.

Melhor notícia do dia: vão estudar um conto meu na Universidade de Princeton. Está já no *syllabus*. Outra coisa cujo significado desconhecia. Trata-se de um descritivo do curso, um resumo onde se expõem as linhas programáticas. Fiquei orgulhosa e com pena de não poder contar à Aurora.

Hoje é terça, 28. Linha que resvala da sessão de análise:

— O esmero em limpar e cozinhar: colagem com minha mãe. Faço uma identificação à superfície. Mas não com os lados internos, com a capacidade de fazer bebês. Os meus bebês são a minha obra. E nesses não tenho conseguido investir.

Estou pior da tosse. Tomei um anti-histamínico, caí num sono longo, quase três horas. Se não estiver melhor amanhã, faço o teste. A oncologista acredita que a probabilidade de estar infectada, depois de semanas de cuidados, é muito baixa.

Marcelo Rebelo de Sousa anunciou que o estado de emergência acaba no dia 2. Continuamos com medidas de contenção. Quanto tempo será para nós?

A vida prossegue entre parênteses. A hibernação é longa e fria.

Nos meus estados de vigília, ontem e hoje, apareceram imagens de sexo. Vestígios, fugazes, nem consigo reconstituir. Tenho ideia de que era uma coisa infantil, membros pouco desenvolvidos.

Preciso de expressar a minha criatividade. Ter regras. Disciplinar-me. Foi bom ter recomeçado a escrever hoje.

29 de abril

Esta manhã fui ao hospital fazer o teste. Na verdade, na expectativa de ser vista por um médico, auscultada. Saí um pouco frustrada. Mas não sou de me queixar. Serviu-me o argumento do médico: ainda que a probabilidade de ter covid seja pequena, existe, e só depois do resultado poderão fazer exames complementares.

Cheguei à recepção. Antes disso, falei à Saúde 24, ontem à noite. Demoraram nem um minuto a atender, a chamada durou cerca de dez minutos. Gostei do tom: o nosso dever é aconselhar e encaminhar, a senhora não é obrigada a ir ou a fazer o teste. A prescrição online estaria no Santa Maria durante doze horas.

Não tenho a certeza de terem identificado esta Ester do Rio Arco que eu sou. Porque me perguntaram duas vezes se era outra pessoa que não eu. Havia uma parede de vidro entre mim e a administrativa, um intercomunicador, a minha máscara, a máscara dela. Ouvia-se mal. Nenhuma agitação no ar. Algumas pessoas na sala de espera, poucas. Enfermeiros, bombeiros, polícias, todos equipados. Encaminharam-me para a tenda. Duas enfermeiras ocuparam-se de mim dois minutos depois. Anotaram a informação relevante, consultaram o médico, voltaram com a zaragatoa. Insisti para que me examinassem. Veio o médico. A enfermeira tirou o avental depois de efetuar a minha coleta. A sensação é desagradável. Não havia ninguém naquele espaço, os dois cadeirões em frente estavam vazios. Não saberia identificar as enfermeiras. O resultado sai em 48 horas. Se for positivo, ligam. Se for negativo, mandam mensagem ou não dizem nada. Não fui capaz de ripostar, invocar a ansiedade. Sou uma pamonha.

Foi tudo tão rápido que o João não estava no parque de estacionamento quando liguei. Contávamos que fossem horas. Deve ter sido uma meia hora. Tinha vindo a casa apanhar gel desinfetante.

De regresso a casa, descalcei-me e segui diretamente para a casa de banho. Despi-me dentro da banheira, onde depositei pequenos objetos. Em vez de carteira, levei um saco de pano com a imagem de São Jorge a matar o dragão. Seria mais fácil de lavar. Limpei cada peça: chaves, livro, telefone, óculos. Lavei a roupa duas vezes na máquina, com água fria. Está numa bacia à parte o blusão de penas. Daqui a três dias, poderá ser manuseado. Pode ser que a vida passe a ser assim: isolar cada peça depois de uma exposição, mesmo que mínima, ao perigo.

No meio disto, como conseguirei viver, criar, gerar?

Leio a Natalia Ginzburg. Todas as palavras me parecem maravilhosos detonadores. E tudo se desfaz a seguir, tudo se eclipsa, fugaz. Tantas frases que foram pequenos incêndios, e que a seguir morrem murchas no chão.

SEGUNDA PARTE

28 de maio

Na segunda metade da tarde, quis ver *No quarto da Vanda*. Interrompi um Mizoguchi para ver a Vanda. Li fragmentos sobre o filme. Detive-me numa frase que falava de uma vida *out of order*. Fora de serviço. Tudo está como as gasolineiras, as empresas que prestam serviços, os iogurtes que passam de prazo. Tudo está do lado do avesso, do putrefato, da fermentação que não se vê, do parado aparente, do silêncio chiqueiro. Tudo na minha vida está nas entranhas, no dentro das pedras, no dentro do hálito, no hálito alterado, podre. A minha vida está naquele verde do quarto da Vanda. Um verde que não é o das plantas, mas o da pestilência. Está na tristeza dos olhos da Vanda.

O primeiro mês do confinamento foi um *out of order* ainda alinhado com a vida. Também passado no subterrâneo, mas num tempo de germinação. Agora estou no lugar da sombra, da sombra mais sombria. É escuro como o escuro da terra onde Sylvia Plath se enterra, debaixo da casa da mãe que ela odeia, onde não chega um raio de luz. O livro chama-se *A redoma de vidro*.

Estou para lá da falta de ar, das metáforas com as plantas, as raízes. Sou a criança que escava o seu pedaço de terra e que encontra algum sossego nesse estar quieto, a ouvir a respiração.

Por cima, está a casa, a vida estruturada, uma profunda incompatibilidade.

No lugar da criança, jaz a adulta que não soube viver, que já não aguenta viver, o inconsciente, o bruto, o grito animal, toda a ferocidade reprimida.

É muito diferente o suicídio de Sylvia Plath, na terra, com comprimidos que a enterram mais dentro de si — torpor — e o suicídio da personagem do Mizoguchi n' *O intendente Sancho*. Anju afunda-se na água como ato de resistência, de sacrifício. Quando desaparece, no interior daquele círculo, há qualquer coisa que não morre.

É muito diferente a água e a terra. Nasce-se na água, morre-se na terra. Essa é a diferença fundamental. Não é de leveza ou de peso, movimento ou fixidez.

Na morte de Silvia (ou na tentativa, a primeira tentativa) há uma desistência de quem não pode mais. Na morte de Anju há determinação, a vontade orientada, a luta. "Não se pode fazer falar uma morta", diz.

Fui dar a *No quarto da Vanda*. Por quê? Procuro razões, estabeleço veias e vasos comunicantes. Senti um inusitado conforto naquele lugar *out of order*. Também eu fora do mundo. Porém, no mais dentro do meu mundo.

Foi por causa da palavra "escombros", que não é dita no filme, mas que define a circunstância. O bairro, as casas, as vidas: tudo é esventrado, comido por uma máquina. O esventramento é um processo estranho, destrói e mostra o interior, e este tem sempre mais um interior, um lugar escuro onde resiste uma vela.

Outra razão para pensar na Vanda: aquela tosse. A minha tosse. A tosse asmática dela. A minha tosse seca, um grito histérico de cada vez que se solta.

Outra razão para pensar na Vanda: ainda é maio, o mês mais bonito, o mês das nêsperas, o mês da Nossa Senhora, o mês da Vanda.

Quem me dera ter uma casa com uma nespereira no quintal.

Invejo a linguagem que se usa no filme *No quarto da Vanda*. Nenhum artificialismo, nenhumas peneiras. O oposto do que está nas primeiras semanas do meu diário. Invejo a linguagem direta e crua, tantas vezes poética. Não sei dizer as coisas com aquela beleza. Conheço muitas palavras, vi muitos filmes, li muitos livros. Não saberia dizer:

— Nós, os beras, não morremos. Só os inocentes.

Não sei se sou inocente. Acho que sim.

Pode ser porque me sinto a morrer.

Sei que posso morrer.

Disseram-me nos primeiros dias de maio que tenho uma pneumonia bacteriana. Sob essa, tenho uma inflamação muito acentuada do pulmão. Nome técnico: pneumonite rádica. Consequência da radioterapia.

Nove horas no hospital. Sozinha. O meu corpo virado do avesso. Exames sucessivos. Esperar, cosida com as paredes.

— Ela não fica internada.

Exultava a oncologista, à distância.

Estar infectada podia — pode — ser fatal. O meu pulmão não aguenta. A casa transforma-se numa fortaleza. Cada centímetro, cada ácaro, cada instante, cada grão de pó, cada partícula viva: tudo é submetido a um cuidado que raia o patológico. Não podemos permitir-nos o deslize, o desleixo, o risco. Nem o desespero que desconcentra. Mesmo assim, João atira tapetes pela janela (aterram no pátio do rés do chão, um dia hão de ser recuperados). A biblioteca é trancada. A minha irmã Adelaide faz teste, vive uma semana crítica ao nosso lado.

Não saio do quarto, sinto-me cansada ao cabo de duas frases, não sou capaz de fazer psicanálise, é uma vitória comer seis cerejas. Tudo requer uma força que não tenho.

Revejo as imagens de George Floyd na televisão. *I can't breathe*. Apesar de alheada, compreendo que decorre uma revolução. Há um grito ancestral que toma as ruas, que ecoa no planeta. Não consigo respirar. Não consigo respirar. Vinte vezes. Às vezes o significado é literal e morremos asfixiados.

Há dois dias quis cortar o cabelo até ficar rente. Ouço o barulho da tesoura. Tesoura é um objeto do meu pai. Havia na oficina de alfaiataria ~~um tesouro~~ uma tesoura cor de ferrugem, para cortar entretelas e tecidos sobrepostos. Muitas vezes visualizo um acidente, a amputação de um dedo. Como seria a seguir? A sensação, a dor, parece-se com quê?

Acordei pouco depois das sete. Ouvi essas vozes na minha cabeça. Fiquei instantaneamente acordada. Tomei dois cafés, sentei-me a escrever. Mais de um mês depois.

Agora invade-me um cansaço invencível. Uma coisa que "alastra que é um ai", como diz um dos rapazes do filme. O meu veneno não é a heroína. O meu veneno é a tristeza.

7 de junho

Frio, calor, calores como nunca os tive. O suor escorre pelas costas, peito, no pescoço. Sobre o lábio, acumulam-se gotículas. Um vapor quente toma a cara. Parte disto é perturbação química. Interferência dos corticoides na minha menopausa. Um exército dentro de mim a correr num sentido, outro exército a correr no sentido inverso. Células que não vejo e que imagino, agitadas mesmo quando durmo, ou especialmente trabalhadoras quando durmo, a tratar da minha recuperação plena.

Os corticoides também provocam oscilação nos humores. Um médico usou a palavra euforizante para descrever um dos estados. Sinto pouco essa energia febril. Todo o meu ser tomba para o fundo do fundo do poço.

Há dias, usei a palavra imunda para descrever a depressão que me roubou a tarde. Tem dias que me rouba a vida. Imunda. Fezes lá no fundo.

*

Estava de pé apoiada na porta da cozinha. Qualquer coisa dentro de mim desmoronou. Era uma casa comida por dentro e que foi ao chão, como nas implosões. Grito, uivo, ladro. Não posso mais.

— Não aguento.

O esquisito, agora que penso nisso, é a impossibilidade física de estar de pé, a união perfeita entre o corpo e o estar. O corpo domado pela adulta, o corpo civilizado, que controla as fezes, que controla as palavras, que controla os gestos, era agora o corpo de uma criança de dois anos. Criança espojada no chão.

Vou para o banho, continuo a chorar, convulsa. Digo as palavras que não quero esquecer que disse:

— Por que é que eu nasci?

São palavras que ouço em contínuo, todos os dias.

Por que é que eu nasci. Podia escrever um tratado de Filosofia a partir daqui, e juntar a pergunta mais ardente da Humanidade, assim definida por Freud:

— De onde é que eu venho?

Não sei nada do que vem nos tratados. Só sei da vida espojada no chão. Estudo para responder a essa questão. Implica um propósito, o milagre de querer o dia seguinte, a página seguinte, a palavra seguinte, o absurdo seguinte, a injustiça seguinte. A injustiça de ser chamada para queimar os dedos no fogão.* A injustiça de nascer para sofrer os meus horrores. Nascer para o sacrifício.

Mais valia não ter nascido? Pergunta sem resposta. Porque no desespero não há forças para afirmar a vida e seguir como a Cabiria de Fellini, alimentada pela alegria e pela música de um grupo de jovens, estrada fora. No desespero, já é um ganho

* Nota da Filha do meu Pai: "Aqui estou. Para que me chamastes?", pergunta a pobre d. Plácida do *Brás Cubas*. Resposta: "Chamamos-te para queimar os dedos nos tachos, os olhos na costura, comer mal ou não comer, andar de um lado para o outro, na faina, adoecendo e sarando [...] até acabar um dia na lama ou no hospital; foi para isso que te chamamos, num momento de simpatia".

ficar quieta, não destruir a vida, não apertar o pescoço e deixar a galinha morta no chão, sem ar.

A experiência dessas semanas tem sido de morte. E da vida a estrebuchar. Tudo me assombra e é primitivo. Assombra como nos filmes em que uma imagem em delírio nos faz entender que vamos ao passado e perdemos contato com o presente e com a realidade. Tudo se torna uma massa indistinta.

Raras vezes temos contato com os nossos primórdios. Nessas semanas em carne viva, recuo a esse tempo em que aprendi o que é o sofrimento. Soa farsola dizer isto, mas o encaixe dentro de mim não tem atrito. Aprendi a viver mergulhada num profundo sofrimento.

A minha mãe repetiu a vida toda como eu era chorona, chorona, horas de uma canção que já não se pode ouvir, chata. Faz anos que penso nessa criança que chora. Agora não penso nela, agora sou ela. Não preciso dos relatos da minha mãe, porque sei com uma certeza impossível de afirmar que chorava muito.

Deslizei para o sono e quis morrer. Na manhã seguinte, acordei com a imagem de uma frincha escura, um envelope entreaberto que me suga. Já não sou capaz de reconstituir os detalhes. O meu psicanalista, semanas depois, escolheu uma palavra que eu não soube pronunciar. Sonhei com o meu suicídio. Tudo em mim era desistência. E revolta. Abateu-se sobre mim uma pedra bíblica, uma pedra tumular. A minha zanga incandescente precisava de vir por fora, como lava.

— Por que é que eu tive câncer?

Que injusto era ter tido câncer. Tinha lutado tanto, tinha sobrevivido a tanto.

Finalmente, o meu *por que eu*.

Já sem defesas, a léguas da resposta racional dos meses do câncer (eu tinha tido câncer porque todos vamos ter câncer, um em cada dois, em breve).

— Por que eu?

Uma pessoa precisa de dizer com o corpo o que primeiro consegue dizer com a cabeça. Eu demorei muito.

A Maria da Graça, a costureira que me alimentou naquele tempo, dizia:

— Por que eu?, que nunca fiz mal a ninguém.

Alimentava-me da força dela, do filho que, numa transfusão, lhe soprava:

— Ó mãezinha, vais conseguir.

Não me permitia sentir dor, a dor que Maria da Graça já era capaz de exprimir. Empurrava com extrema força e eficácia as minhas fezes, com um desentupidor imaginário.

Não me lembro do nome do objeto, haste e boca de borracha, que se usa para o efeito. Há palavras que nunca aparecem quando preciso delas.

Obstrução. Fossa. Estar na fossa. A fossa como um Hades onde estão os meus detritos.

Minha tão querida Filomena,

Só esta manhã, depois de saber da morte do seu amigo, li o seu texto.

Que pena tão grande que ele não o tenha lido, porque é mágico e fá-lo-ia sorrir, seria um consolo. É um texto de quem sabe penetrar no esconderijo da infância, da criação, movimentar-se entre as sombras, com uma delicadeza para outros inexequível: para não as ferir.

Ter-lhe-ia dado uma alegria grande, sim.

Ao mesmo tempo, penso que o José saberia o texto de cor, ou seja, no coração, mesmo sem o ter lido alguma vez.

Parece-me, minha querida amiga, que se abeira/ adentra cada vez mais no coração da vida que é a infância, e que não exclui, pelo contrário, os seus terrores. Fá-lo com menos medo, com mais aceitação. Mas hoje, ontem, aceitação é uma palavra inverossímil. Como aceitar a morte? Não hoje. Não ainda.

Sinto muito, muito a perda do vosso amigo. Dê abraços meus ao seu marido.

Soube por si, há poucos dias, que já não estava inteiramente cá. Que tristeza bruta, com aquela ferocidade com que os italianos dizem "bruta".

Sabe que vi o Compianto porque ele me disse para o ver? Eu estava em Bolonha e pedi-lhe roteiros italianos. Ainda me falta fazer alguns dos percursos que me indicou. Agora choramos todos.

Há muitas partes do texto que parece que foram escritas para mim, ou para cada um de nós.

Ensinou-me a olhar para as sombras n'*A divina comédia*. Às vezes esqueço-o, esqueço o que não devia. Estranhamente, não tenho pensado senão no corpo, na terra, no que tem peso. Ando derreada, sinto a ferida física. Preciso de me deslocar para o halo, para a sombra, para a imaginação, para aquele maravilhamento de quem fecha os olhos e vê o fundo de um caleidoscópio.

Queria sobretudo dar-vos um abraço muito afetuoso, receber-vos, dizer que hoje estamos todos tristes, mas que a palavra é: continua.

Sua Ester

11 de junho

Comi um fruto que tinha bolor. O casaco que visto cheira-me a bolor. Há dois dias escrevi mentalmente uma frase: o meu corpo está podre. O câncer é uma forma de podridão. Vida que nasce ao contrário, que come a partir do interior.

A imagem mais constante do confinamento é a de uma vida invisível. Qualquer coisa que não vejo e que me domina. O medo, o contágio, a sombra. A formação das pedras, o crescimento das plantas. Os rizomas.

Anunciam-se novos foguetes nas palmeiras. Há uma folha que ganha cor de ferrugem, talvez esteja podre. Será mesmo esse o ciclo da vida? Para que novos foguetes rebentem, uma folha que já se espraiou tem de morrer?

Na outra palmeira, despontam pequenos cogumelos. Faz-me medo a palavra fungo. Se calhar ponho demasiada água, mas à superfície a planta parece-me sequiosa.

Nada sei da vida da terra, da vida que se passa descendo uns centímetros.

Escapa-me a trama apertada dos tapetes, a consistência dos fios, o tutano.

É nessa vida que a minha vida está presa. Sou incapaz de

soltar as faixas do casulo. Estou na mira da grande aranha que me apanha na sua teia. Nunca tive medo das aranhas. Tenho até um certo prazer em matá-las.

Na terça-feira fiz uma TAC aos pulmões. A pneumonite rádica continua cá. O médico usa palavras como: hipersensibilidade à radiação, inflamação acentuada, absorção. Continuo a ver legiões a digladiarem-se, um tumulto dentro de mim.

De raspão, dois hemangiomas. Nunca tinha ouvido a palavra. Bolsas de sangue no fígado.

Fico destroçada. Desabo num pranto. O meu horizonte é estreito. Não é hipocondria. É cansaço. O cansaço de saber que qualquer coisa dentro de mim cheira a podre, sabe a podre, com aquela cor do Manuel Hermínio pouco antes de morrer. Um amarelo-esverdeado por oposição à cor da infância, dos vinhedos, das caras avermelhadas de quem nasce no Douro. Eu penso em cerejas, na cor luxuriante que a vida pode ter. Há muito tempo que não vejo essa cor.

Apodera-se de mim uma apatia desistente. Reconheço-a dos sonhos de há umas semanas, é matéria vinda de um profundo ao qual raramente descemos. Qualquer coisa que se pode traduzir nesta frase do *Brás Cubas*: um duelo do ser e do não ser.

Digo num tom calmo que não vou durar muito. Estamos a subir a Infante Santo. Detecto no mesmo instante o excesso e o absurdo. Fica cada vez mais claro que o meu corpo não é o mesmo, a minha saúde nunca mais será a mesma.

A vida mudou.

As bolsas de sangue no fígado não têm importância. São comuns, ou mesmo muito comuns.

Não tenho vontade de viver.

Sobressalto-me logo depois de ter escrito esta frase. Não é verdade. Não tenho ainda vontade de nada. Não tenho ainda vontade de nada. Outra vez: não tenho ainda vontade de nada. Mas um sangue qualquer há de correr.

Esse sangue é o meu lençol de água, inacessível e vital. Talvez seja isso que me mantém viva: saber — mais do que esperar — que depois da espera viro flor, foguete, que essa minha vida será visível cá fora.

Esta manhã estabeleci uma sintonia entre Alfredo Marceneiro e Cartola. Um fado que Camané interpreta como se traduzisse o imo da vida, o absoluto, o que não se pode partir mais. *Ser fadista é triste sorte / que nos faz pensar na morte / e em tudo o que em nós morreu / andar na vida à procura / de uma noite menos escura, que traga luar do céu.*

Letra de João Ferreira Rosa. Andar na vida à procura é a minha condição, a condição de todos. Fadistas somos todos, humanos tristes. O problema é que me domina o verso em que atento no que em mim morreu.

Cartola:

Deixe-me ir/ preciso andar/ vou por aí a procurar/ rir pra não chorar [...] Se alguém por mim perguntar/ diga que eu só vou voltar/ depois que me encontrar.

O miolo da canção é o que agora me escapa:

Quero assistir ao sol nascer ver/ as águas do rio correr/ouvir os pássaros cantar/ eu quero nascer/ quero ~~morrer~~.

O Cartola canta o inverso:

Eu quero nascer/ quero viver.

Eu quero, mas não o suficiente. Viver-morrer, um é o ~~inverno~~ do outro. Inverso e inverno.

Estou num inverno de terra gretada, gelo que corta. Por isso é tão compensador ver os botões de orquídea a rebentar, sonhar — acordada — com a vida secreta das plantas. Aponta-me um futuro, traz-me a palavra Esperança.

Ando há semanas a querer falar dos meus sonhos. Escrevi na entrada anterior o sonho principal, a primeira dessas assombrações. O sonho da minha morte, o instante em que deslizei por uma frincha escura.

Num domingo, véspera do diagnóstico da pneumonia, rosnei com dentes de piranha, chorei como quem chora o dilúvio.

— Para que me chamastes?

A resposta seria:

— Para te sentires sozinha.

Tomou-me uma orfandade radical. Como se nada tivesse raiz, nada proviesse de lado nenhum. Como se não houvesse consolo, essa noção, essa palavra.

A zanga. Senti-me desconsiderada. A palavra fulgiu. A palavra feia, como um tronco maciço, tornou-se onipresente. Ali estava eu, desconsiderada pela vida. Só daí a dias a dimensão da palavra se tornou compreensível. O câncer tinha sido uma injustiça, uma desconsideração do meu esforço.

A minha vida são esforços de emancipação, gestos de recusa, uma dor que me autoinfligia, a culpa de me ter insubordinado. E um desamparo absoluto. A certeza de estar sozinha. Não há uma clareira última para onde possa fugir, onde me sinta embalada. Pegada ao colo.

O câncer deixou um imenso rasto. Eu não sabia que a extração do tumor era o mais simples. A única coisa simples.

20 de junho

Perco a noção do tempo. O fundo do poço foi num tempo que agora parece longínquo. Há uma semana que não vou a esse caminho infestado de vespas e harpias. O que escrevi parece-me uma conciliação com a vida. Integra a morte, a morte que a vida contém. Uma simbiose. Uma metamorfose. Um entendimento da profundidade das coisas. Pulsa em mim um sofrimento quieto e um desespero por nascer.

Apareceu-me com fulgor o verso da Violeta Parra: "*Volver a los diecisiete, después de vivir un siglo.*" O que vivi, o que vivemos (passado e ainda presente) corresponde a um século. A tarefa mais difícil e mais necessária é voltar a sentir o calor alegre, a disponibilidade inteira para a vida, o ímpeto dos dezessete.

Tinha-me esquecido da palavra ímpeto. O *Brás Cubas* continua comigo. Cadê o ímpeto? Meses afundada na *flor amarela, solitária e mórbida da melancolia*. Ave César, leva-me contigo para conquistar os dias, fecunda em mim o projeto no qual posso firmar a minha vida.

*

Doze horas mais tarde.

Esta manhã foi há muito tempo.

Fizemos amor como não fazíamos há muito tempo. Pareceu-me compreender melhor a palavra ímpeto. Achei graciosa a aparição da palavra e a consumação — o ato —, num intervalo curto, sem saberem um do outro. Por que é que o sexo vivifica? Por que é que todo o corpo se transtorna — torna outro, renasce —, e o mundo, em consequência disso, fica de outra temperatura?

Violeta Parra matou-se. Perguntada sobre o como, respondi fazendo o gesto da bala na cabeça.

Como é que eu me mataria? Acho que faria um voo que se parecesse a cair dentro do vulcão. Empédocles na cratera do Etna.

A ideia horroriza-me. Ainda há poucos dias era a vida que me desinteressava. O meu metabolismo era o das pessoas que não conseguem aguentar comida e deitam tudo fora, até a aguadilha, o dos bebês que fazem diarreia e não conseguem reter nada que se lhes dá. Quem sabe se não beberam um leite envenenado. Quem sabe se a vida não é essa presença que não se pode conter.

Não percebo nada do que estou a escrever.

Há feridas que não fecham.

Às vezes as pessoas não aguentam.

Nunca tentei matar-me. Já quis morrer. Frequentemente tenho a impressão de não saber viver. Muito raramente, ou talvez só desta vez, fui invadida pelo vírus da desistência. Que é diferente do vírus do desespero. No desespero identifico o sangue que ferve, o ar que rareia, um processo em ebulição. Na desistência é tudo deserto, solidão, um fio que se vai cortar.

Senti várias vezes o desespero ou a forma dele: uma dor no nervo, um guincho impossível de aguentar, uma agulha.

Esta deserção da vida... as palavras são sempre as mesmas: estar sozinho, ser órfão, uma tristeza impossível de suportar.

Tenho coisas importantes sobre as quais quero escrever e muita dificuldade em fazê-lo. A metáfora de ter um mapa e não conhecer os caminhos aparece-me constantemente. Que rua vai dar aos meus lugares?

Enquanto isso. Tosse. Medicação. Recito o nome dos comprimidos como se dissesse nomes de pessoas.

NOTAS DE ENTRE OS QUASE SETE E OS QUASE ONZE ANOS.
NOTAS DE UMA POBREZA EXTREMA.

— Ser gozada na escola porque vestia as mesmas calças verdes, de feltro. Quase certo: essas calças, de tecido grosso, do verde das plantas, elástico na cintura, vieram do seminário que ficava do outro lado da rua. Um padre, homem grande, vestia batina, chamava a minha mãe quando chegavam carregamentos de roupas. Um monte de peças desalinhadas numa sala gigante, um teto alto. Uma vez não veio nada de jeito.
— Vejo um anúncio num jornal. Companhia de seguros. Davam cem contos em caso de incêndio. Formulo um plano que partilho com a minha mãe. Não queria que ninguém se magoasse, mas se houvesse um incêndio na nossa casa eu já sabia o que fazer aos cem contos. Só ficou na memória uma parte do plano: compraria um macacão vermelho-escuro que a minha mãe cobiçou numa montra.
— Um dia morreu o velho ou a velha da porta do lado. À entrada da casa, na penumbra, estavam folhas de condolências. O debruado preto. Nelas a minha mãe escreveu algumas palavras e deu erros ortográficos.
— Houve um momento em que quis beber leite frio às refeições. O leite vendia-se em embalagens de plástico mole, postas num jarro no frigorífico. Cortava-se a ponta do pacote, parecia um bico. Beber leite às refeições obrigaria a comprar mais um pacote de leite. Mais despesa.
— A minha mãe saía para trabalhar e mandava-me lavar a louça do almoço. Por vezes mandriava e passava a tarde a brincar. Só ao fim da tarde, colada à hora de chegada da minha mãe,

lavava a louça. Uma vez apanhei uma tareia por causa disto. Não me lembro da casa, mas tenho a certeza de que se lavava a louça no lado esquerdo, na parede de um corredor estreito.

— Na escola eu devia levar um bolo ou uma comida para um lanche, uma festa. Dias antes a minha mãe exasperava-se com a falta de dinheiro. Não tenho coragem de trazer mais esta despesa e ilumina-me uma solução: fazer sandes (talvez de manteiga) e cortá-las na diagonal, como via fazer nos cafés. Nos cafés chamavam-se sandes, eram de queijo e de fiambre. Mais especial que pão com manteiga. A minha mãe chegou sobre a hora de cortar na diagonal, invento hoje a sombra dela sobre o meu movimento. Por que é que não falei? E eu rebentei no que tinha ouvido, na penúria. Um bolo custa dinheiro.

— Faz um bolo de poucos ovos, poucos ovos.

Aos sábados fazia bolo-mármore. Tinha uma parte de chocolate, daí os veios do mármore. E tinha poucos ovos. Eram apenas quatro.

Quando escrevo este corte do pão, debulho-me a chorar. A minha cabeça cai sobre a mesa. Novo desmoronamento. O que é que estou a carpir?

— A minha mãe começou a fumar nesta casa pobre, com a vizinha do lado. Jogávamos loto aos domingos. Era retornada, tinha uma loja de artigos desportivos, um cão a quem dava beijos na boca e um outro cão, o grande amor, empalhado. Julgo que devemos à intervenção dela, a uma palavrinha amiga na Câmara, a casa para onde fomos morar. Chamava-se d. Conceição. Através dela, conhecemos outros retornados.

— O meu pai projetava cinema, ia pelas aldeias como delegado do FAOJ.* Divertia-se a pôr a máquina a andar para trás.

* FAOJ se refere ao Fundo de Apoio aos Organismos Juvenis, criado em 1974, cujo objetivo foi fomentar a formação democrática e cultural da juventude portuguesa. (N.E.)

Os movimentos das pessoas, das mesas, das flechas, dos tiros andavam para trás. Eu sabia montar a fita na máquina de projeção. Como anos antes sabia enfiar a linha na máquina de costura. O meu pai projetou num lençol, em casa, um pedaço de um filme. Seria um western? Pedaço de magia. O pior foi a conta da luz no fim do mês.

— Havia uma roupa com a qual eu cantava. Umas calças de napa e uma camisa de xadrezinho azul e branco. Cabelo muito comprido, passadores num dos lados. Um dia o meu pai fez uma cena e eu fui com essa roupa para a escola. Devia parecer uma vamp!

— A minha mãe também tinha umas calças de napa. Combinava com um pullover cor-de-rosa, um colar com duas voltas, uma delas presa no pescoço. A minha mãe não tinha dinheiro nenhum, mas sempre teve gosto em arranjar-se. Comprava um perfume que não era perfume, o Printil.

— A minha irmã e eu íamos ao cinema nos bombeiros da Cruz Verde, colado a nossa casa. De borla.

— Há uma fotografia nossa à entrada de casa com pijama e eu tenho os sapatos do meu pai (eram os que estavam mais à mão). Estávamos doentes, com papeira ou sarampo. Parecemos indigentes nessa fotografia. Não a vejo há anos. Ficou assim na minha lembrança.

— Fiz uma redação na terceira classe. Sobre um passeio ao parque da Senhora da Penha, perto de Guimarães. Estava tão bem que a professora desconfiou que ia escrita de casa. Fiquei aflita. Não vinha. Era mesmo só talento meu. A colega de carteira confirmou. Como seria essa redação? Este aperto acompanha-me muitas vezes. Não me consola e não me salva ter comigo a razão. Sinto que me espetam e não sei que fazer. Temo o abandono, a rejeição.

3 de junho

COISAS QUE NÃO CONSIGO FAZER:

— respirar até ao fundo. Será do ser ou será do corpo? Ansiedade ou pulmão? Vejo a ramificação de uma planta a alastrar no meu lado esquerdo. Qualquer coisa quer viver e ainda não consegue. A luta prossegue. Continuo doente;

— fixar-me, ganhar raízes, estar tranquila. Tenho de voltar à expressão: "clima de segurança". Qual é o caminho? Tudo obstruído por agora;

— ver o *Fanny e Alexander*, ler a Nise da Silveira, escrever. Não consigo fazer nada. Vou-me empurrando. Impossível estabelecer uma rotina, o deambular pelo bairro descrito pela Susana Moreira Marques, com a filha ao colo, na primeira página do seu livro. Falta a filha, falta o bairro. O meu espaço é todo interior. A minha gravidez será de mim mesma. Mas não consigo gerar.

*

COISAS QUE VEJO:

— um castor, um glutão, uma toupeira. Comem o espaço subterrâneo, o caule, os brotos. Comem as flores que respiram dentro do pulmão. O nome alvéolos é muito feio. Sem a respiração dessas flores, morremos.

Os ratos também comem, roem. A vida é uma coisa roída, escreve Machado de Assis. Tenho medo de que uma coisa roa, roa, roa o dentro de mim, os órgãos, os tecidos, os músculos, e que acabe por acordar morta, ou tombe para o lado. Sem aviso. Colapso do ser.

Igual às peras de hoje ao almoço. Cortei-as ao meio e estavam podres, não se aproveitou uma. Por fora eram verdes e não eram feias, apenas duas estavam ligeiramente tocadas.

NOTAS QUE NÃO VOU DESENVOLVER:

— a palmeira tornou-se gorda, deixou de crescer na vertical, espraia-se para os lados. Fica mais exótica. Ai de mim se fico desta largura;

— está um caracol numa das pétalas da estrelícia. Deve morar ali há duas semanas. A pétala está quase devorada. Tenho nojo de lhe tocar. Espanta que se tenha aguentado sem cair. Um caracol é uma espiral, é um mistério, é uma casa, uma cabeça e dois pauzinhos;

— o meu animal é a borboleta. A minha agressividade continua embotada, vive em casulo. Tenho medo de a agir. Mas é preciso que me vingue. Dos abusos da vida. A reparação não pode ficar por fazer;

— a minha mãe dizia assim, muito nervosa, tremendo o lábio e até gaguejando um pouco: "Eu sou muito vingativa!". Quem me dera ser vingativa. Em vez disso, engulo tudo. Viro-me para dentro. Pergunto-me sobre a vida larvar;

— quando eu for borboleta, terei escrito um romance. Resta saber se serei capaz, ou se prolongo mais e mais o tempo de gestação, com medo de parir. Que parir doa muito. Sobretudo, que o parido não preste. Que seja um bebê feio e gordo. Claro que estou a falar do meu nascimento. E deste diário;

— comecei a ler Nise da Silveira. Os desenhos dos doentes esquizofrênicos são muito lindos. Um doente desenhou uma série de troncos decepados, desenhou o desmembramento do seu ser. Questiono-me sobre o que desenharia eu.
A minha árvore, cá fora, tem tronco e copa. O problema está no subsolo, no que a sustém. Talvez desenhasse um intrincado de linhas, uma malha apertada, o último reduto de um tapete, uma palavra que não se sabe qual é e que não é perscrutável, nem à lupa. A célula da origem;

— uma estúpida de uma professora humilhou a Ana Ester na escola. Escrevi uma queixa que os pais vão mandar. Usei a palavra reparação. Ela sabe que tem quem a defenda.

24 de junho

Dia de São João. Todo o folguedo tem sido guardado, o riso, a libido, a agressividade. O corpo há de rebentar, quando puder vir por fora.

Esta tarde desvelou-se a imagem que há tanto fugia: o que tenho nos pulmões é um coral. Nas extremidades, dança. Quando não consigo respirar até ao fim, adivinho o coral a esforçar-se, a agitar as pontas.

Outra imagem que me apareceu: ter na barriga um aquário, de um azul profundo. Essa imagem é antiga e transparente. É a representação de uma criança a brincar no corpo da mãe, quando tudo é ainda mel.

Continuo a ler o livro da Nise da Silveira. Fala dos desenhos e pinturas na terapia ocupacional, dos sonhos e das fantasias que aparecem na análise. Aí é que está: não me lembro dos meus sonhos nem tenho fantasias. Nos últimos meses, a única paisagem persistente era a de um deserto de onde não brota nada. Incapaz de sentir, incapaz de elaborar, incapaz de criar.

Nas últimas semanas a minha geografia já não é de absoluta secura. Todavia, rareiam as palavras, o pensamento tornou-se fugidio. Continuo no labirinto, percorrendo sempre os mesmos caminhos.

Tenho vontade de comer e beber. Recordo-me que beber vinho ao fim do dia sabe bem. Sacrifico-me e não como, não bebo. Não gosto de imaginar a transformação da comida nas suas partículas, pastelonas que decidem sentar-se num tecido para não sair mais. Odeio-me por ser tão fútil.

Quando começo a comer, tenho calores de correr um rio pelas têmporas, face, costas, o pescoço úmido.

Chegaram flores. Hortênsias, girassóis, jarros amarelos (devem pôr corante).

Chegou a mesa de pingue-pongue que comprei para o João. Surpresa até ao fim.

A diretora de turma da Ana Ester respondeu prontamente e bem ao email. Lamenta.

Não saímos de casa há quase quatro meses, senão para médicos e exames. Perdemos os jacarandás em flor.

Vamo-nos acostumando à ideia de que ficaremos aqui mais três meses. Novamente a angústia no ar, palpável.

Tenho a ilusão de que posso avançar no doutoramento, mas é falso. Leio pouco, penso pouco. Sou uma lástima.

Há um ano estava a regressar a Lisboa. Lia textos de Jung sobre o inconsciente coletivo, formas arquetípicas, mandalas. Volto a mergulhar nessa água que é um sonho, experimento maravilhamento a partir da psiquiatra brasileira (que escreveu a Jung). Ansiosa por chegar a desenhos que sejam a expressão dos meus sobressaltos, da minha fobia aos cães. Ansiosa por me encontrar num espelho, segurar sem medo e dizer:

— Esta sou eu, finalmente sei como sou.

Um espelho inteiro e não esta imagem estilhaçada, esta escrita decepada, feita de pedra, planta, vidro, madeira, cheiro, suor das mãos, fio, lã, restos de comida, restos de memórias, restos de fezes, choro, balido, podridão e desejo de viver.

Há um ano eu já tinha câncer e não sabia.

Vivia dentro de mim, comia de mim, roubava de mim. Nenhum indício até ao caroço com forma de grão-de-bico, em setembro.

Há um ano banhei-me numa piscina de cor barrenta, que sinalizei como cor amniótica, nos Açores. Foi essa a última vez que fui feliz? Revejo as fotografias, assinalo a alegria, a fantasia de a vida ser uma pluma, sem peso ou dor. A vida não estava embaciada como passou a estar. Agora é um vidro fosco que vai demorar a ficar limpo.

A minha vida estava para ser outra. A vida de todos estava para ser outra. Quando cheguei ao covid, já tinha em cima:

uma cirurgia,
21 sessões de radioterapia,
a terapia hormonal,
o fim do corpo fértil,
a certeza de que não terei filhos,
a incerteza de ser capaz de gerar o que quer que seja,
as insônias,
os calores,
o atordoamento,
o pavor de ficar matrona,
o pavor de perder a libido,
o pavor de ser trocada (se matrona, se seca),
o pavor de ficar burra,
o pavor de ficar na miséria.

Depois foi o isolamento.
A cisão do cá dentro e do lá fora, casa e rua.
A ativação dos fantasmas.
A morte da Aurora. Minhã... Que lapso feliz: minha mãe = minhã. Minha tão querida Mãe Aurora. Duas vezes chamou-me Filhota. Era tão arisca, a minha Aurora, e amava-me tanto. Aurora era gruta, vento, terra. O riso era um sol. Preciso de acreditar no que ela me dizia, preciso de a escutar cá dentro.

Depois adoeci. Fui uma mulher de quem é preciso tomar conta. Com disciplina e ferocidade, se necessário.

Permiti-me estar doente. Aceitei que estava doente.

Apurei o ouvido para escutar a minha

Fala Orgânica.

Perguntei-me se o que escrevo não é uma fala orgânica. O meu corpo e o meu ser a falar em discurso direto. Um filho, como a escrita, é a extensão orgânica de quem somos.

25 de junho

Dei com este word, uma página para um futuro romance.

A minha mãe recebeu uma nota de quinhentos euros. A minha mãe guardou a nota julgando que era de cinquenta. Só em casa, abrindo-a, percebeu a dimensão do dinheiro. Abriu a boca, deve ter corado, ferveu de contentamento. Desde então, a minha mãe acaricia a nota. De vez em quando, vai ao esconderijo (um bolso de casaco no guarda-vestidos?), olha para a nota, desdobra-a, alisa-a, faz-lhe festas. Como se fosse um tecido dos mais caros, onde é bom passar a mão.

A minha mãe, que foi tão pobre, nunca imaginou ter uma nota de quinhentos. Nem sabia que havia notas de quinhentos. Não a gastará por nada deste mundo. Não é poupança. É porque lhe dá prazer olhar para ela. Não é amor ao dinheiro, é horror à miséria. Conforta-a saber que está ali para uma aflição. Imagino que prevaleça uma forma de luxúria ligada à posse desta nota. É que são quinhentos euros numa só nota!, não são uns quinhentos euros quaisquer, esmigalhados e atirados à rua, como milho para as galinhas.

Quase toda a minha vida pode ser contada a partir desta nota. Sou uma espécie de pó guardado dentro dela, antes de ser desdobrada.

A pessoa que deu esta nota à minha mãe prometeu que lhe dá outra no próximo Natal.

Passei a manhã a arrumar. O impulso foi dado pela leitura de *Imagens do inconsciente*. Nise da Silveira tenta aceder ao lugar mais recôndito, o lugar onde a palavra não penetra, através dos desenhos dos pacientes. Eles têm função curativa e são caminho. Ver a série permite compreender obsessões, recorrências, formas, o esboço de mitos, fantasias.

O processo que tem em mim um efeito libertador é a escrita. Mas como chegar aos lugares onde as palavras da escrita não penetram? Gostava de saber moldar, ser oleira. Imediatamente recuo perante esta ideia, porque não gosto de sujar as mãos. Repugna-me. É o mesmo nojo que sinto quando por acidente toco num animal. Ao contrário, gosto de as lavar, fazendo da limpeza um prazer tátil.

Arrumar é comparável a esse processo. Arrumar, agrupar, contrastar, descobrir, brincar com a ideia de haver gavetas para guardar objetos bonitos, caixas e caixinhas alinhadas nas gavetas, fazer enredos. É um processo não verbal de dialogar comigo.

Esse exercício levou-me ao jogo de peças que as crianças fazem no chão. Tateiam o plástico, a cor, descobrem que uma pirâmide é diferente de um quadrado, que uma esfera não encaixa senão na concavidade da esfera.

Quando vejo pessoas muito desarrumadas, penso nesta brincadeira. Por exemplo, pessoas que misturam as colheres de pau com as colheres de inox, apesar de haver recipientes distintos para elas. Matuto um segundo e concluo, apressada, que essa atenção ao real foi incompleta, deficiente. Arrumar as colheres de pau no mesmo vaso significa reconhecer que todas têm a mesma natureza, função, afinidade. Que há um lugar para elas.

Que há um sentido nas coisas. Nunca tive esses luxos de brincar no tapete com as formas. Brincava na terra. Fazia bolinhas com a terra que antes umedecia com o meu xixi. Amassava como quem amassa o pão. Desfazia e voltava a fazer.

A minha avó amassava o pão com as mãos, dizia palavras bentas e fazia um sinal da cruz com a pá. Vedava o forno com bosta de vaca. A minha mãe e as irmãs iam pelo carreiro atrás dos animais, apanhavam bosta com as mãos. Calhava muitas vezes que a bosta que apanhavam ainda estava quente.

Via a minha avó meter o pão no forno e metia as minhas bolinhas num forno imaginário. Talvez as comesse. Hoje comeria. Como mães que comem as fezes dos seus bebês em algumas tribos africanas. Não havia diferença entre esses bolos-comida e esses bolos-fezes. Ambos produtos da minha imaginação.

Então não tinha nojo de me sujar. Tinha um ano e meio ou dois. Tudo isto se passava à entrada da casa onde nasci, com outras crianças.

Recebi essa memória minha da minha mãe como se me sussurrasse o sonho mais bonito dentro do meu ouvido. Como uma anunciação. Uma voz segreda-me que uma coisa bela aconteceu. E, de uma maneira que não sei explicar, reconheço o tesouro que me é contado como sendo meu: pode ser por sentir ainda o prazer da criação. Essa semente não pode abandonar-me. É a partir deste pedaço de terra que ergo a minha casa.

É misterioso que escreva sobre a vida invisível que há debaixo de terra, que escreva tantas vezes a palavra subsolo. Escrevo, rasuro, reescrevo, vou ao forno. Podia comer terra, podia alimentar-me dos meus bolinhos. Cada uma destas palavras é um desses bolinhos.

26 de junho

Olho para a palmeira. Quando me proíbo de ficar como ela, gorda, estarei a ser palmeira? Confusão osmótica com a palmeira, com a casa.

28 de junho

Esta tarde comecei a ler a cidade a partir do meu corpo.

Ali disseram-me que eu tinha borrélia. Foram as palmeiras que ladeiam o Instituto de Medicina Tropical que acordaram a memória de ter tido uma espécie de febre da carraça. Às vezes suga até a morte.

Perto do ponto exato em que estava, confirmaram que o meu pulmão esquerdo continuava inflamado. Que quer dizer a palavra "densificações"? É uma nuvem densa semelhante às que, nas cidades poluídas, impede uma visão nítida da realidade?

Nesse dia também detectaram dois hemangiomas no fígado. Se um dia morrer do fígado, recordarei que foi ali que tudo começou.

Mais para a esquerda, seguindo o curso do rio, soube que tinha um câncer.

*

Minutos depois da ressonância magnética:

— Quero fazer-lhe uma biópsia.

— Muito bem. Quando?

— Agora.

Durante a biópsia, num registro algo autômato:

— Na próxima semana, tenho uma discussão importante na universidade. Se for mau, como é?

Suspiro.

— Faça a discussão. Isto vai para análise.

No dia seguinte e no outro forcei-me a estudar. Ao terceiro dia, soube que não poderia fazer a discussão. A análise anatomo-patológica confirmaria a malignidade já evidente na ressonância.

Três semanas antes. Durante a ecografia.

— A mama é difícil de interpretar. Não me parece ser nada. Mas, para ficarmos absolutamente sossegadas, fazemos uma ressonância magnética.

No meu último período fértil, entrei numa máquina com forma de sarcófago, suportei a buzina nos ouvidos, o botão de pânico na mão. Não me lembro do que pensei.

O que hoje me espanta é a tranquilidade imperturbável em que fiquei. Não parecia ser nada. Não seria nada.

O grão-de-bico que me tinha levado a fazer a mamografia e depois a ressonância não era o câncer.

O câncer era outro grão-de-bico, escondido numa parte não palpável da mama e não detectável na ecografia.

A próxima pessoa que me falar de excesso de medicina, excesso de radiação, excesso de zelo, terapias alternativas, naturismos e o caralho leva um murro.

*

No miolo da cidade, o meu ginecologista disse-me que a probabilidade de engravidar era inferior a 10%.

Neste mapa, a melhor rua é a do meu psicanalista, que gosto de descer porque é a rua do meu psicanalista. Mesmo nos sete anos em que não o vi, agradava-me repetir o caminho, fixar um olhar terno numa exata janela (a da esquerda) e pensar: passaram-se ali coisas importantes. Foi ali que nasci.

A Susana aponta à filha a casa onde nasceu e viveu até aos dois anos. A filha recebe essa memória e incorpora-a, como se fosse deveras sua, e não o dedo apontado da mãe.

Descendo a Infante Santo, recuei ao dia da segunda TAC, ao ponto da estrada em que disse, com desassombro, que não ia durar muito. O movimento era então ascendente. Agora, a minha voz, a minha cara, a minha energia eram de verão. Já se via o rio ao fundo quando contrastei um dia com o outro.

Almoço na esplanada. Primeira ida ao restaurante em quatro meses. Quase não comemos. Quis beber Água das Pedras.

Bruscamente, uma saturação de estar ali. Não pude suportar um calor que intumescia os dedos das mãos, dos pés, os tornozelos, nem a prostração do suor, o corpo a empapar por dentro.

Afirmei com segurança, como quem compreende um problema difícil, que preciso de aprender a viver com um corpo novo. O meu corpo deste verão não é o mesmo corpo do verão passado, e todos os problemas dos verões passados continuam a viver comigo, são agora potenciados. Os blocos de cimento que os meus tornozelos arrastam com dificuldade pesam agora mais.

No momento em que o disse, estávamos a chegar à rotunda do Jardim da Estrela. Pouco antes, pedira que fôssemos mais devagar para poder ver as árvores do Jardim da Estrela. Não queria passear no Jardim da Estrela, por mais que me apetecesse a contemplação lenta da Natureza. O calor era-me insuportável. Os calores de uma menopausa apressada eram-me insuportáveis.

Pode ser que a temperatura que eu sinto seja cinquenta.

Pode ser que eu não possa sair de casa antes do fim de tarde.

Pode ser que eu precise de um saco, como as mães precisam de sacos para os objetos dos seus bebês, onde constam os instrumentos da minha sobrevivência:

um leque,
uma ventoinha,
um chapéu,
uma máscara,
um par de luvas,
gel desinfetante,
um lenço para me tapar no caso de estar sol,
um protetor solar 50,
uma banheira imaginária com cubos de gelo onde posso
mergulhar os pés,
aquele spray de água, idealmente da Caudalie.

Estou proibida de qualquer exposição ao sol.

No verão, não posso tirar a t-shirt, mesmo nas idas ao mar, mesmo às sete da tarde.

Se uma nesga de sol entrar em mim, fico novamente doente? Quando é que a palavra doença deixará de ser um corpo presente? A palavra doença tem um corpo próprio, e isso aprende-se quando se fica doente. Até onde vai sobreviver o meu corpo? Vou morrer do corpo? Vou morrer atropelada? Vou atirar-me da janela?

30 de junho

Esta noite sonhei com uma casa em construção, uma casa que não tinha paredes. Era fácil cair.

Continuo a arrumar. Dou com o meu livro dos sonhos.

18 DE NOVEMBRO DE 1998

Tenho medo de mergulhar e não vir à superfície onde, num pequeno barco de madeira, me esperam o meu pai e a minha mãe. As minhas boias são um golfinho de plástico e um sapato de plástico.

22 DE NOVEMBRO

Sonho que o meu psicanalista e eu estamos deitados no sofá. O sofá está velho e roto.

Levantamo-nos abraçados e beijamo-nos como num filme.

Digo-lhe que sempre soube que gostava de mim e que isso lhe era insuportável.

O ambiente do consultório é uma selva.

*

28 DE NOVEMBRO

O meu pai tem uma amante. A amante engravida. Visualizo na barriga da amante um aquário. Ofereço-me para tomar conta do peixinho que sairá desse aquário. Mas tenciono asfixiá-lo, não deixar que saia pelo gargalo.

9 DE JANEIRO DE 1999

O meu carrinho de supermercado — ao escrever, tropecei na imagem: carrinho de bebê — vai contra uma pessoa. A pessoa morre.

Rememoro. Não sei se morro eu, se morre a pessoa em quem o carrinho embate, se morre o bebê.

Refugio-me em casa. Na casa, refugio-me na casa de banho.

Faço cocô no chão. Quando tento limpar, descubro um rasto de cocô mole, maleável, verde da cor dos kiwis. O cocô assemelha-se a uma serpente e estende-se até ao lavatório.

Tenho a certeza de que o cocô me vai denunciar. Não entendo porque fiz no chão, porque não consigo limpar — apagar todos os vestígios —, como consegui fazer tanto cocô.

Acordo e invade-me uma imensa preguiça. Incapaz de apontar os detalhes do sono. Tudo se esfuma como nos *fairy-tales*.

Se não me lembrar, pode chegar a não ter acontecido.

Acordo porque não suporto a dor que vivo no sonho. Há um mecanismo que me impede de fazer revelações. Revelações a mim mesma.

*

29 DE JANEIRO

Corredor do hospital. O meu psicanalista está num grupo de médicos e enfermeiros. Vem ao meu encontro.

— Quando regressa à análise?

O que ouço:

— Quando regressa à infância?

A mulher do meu psicanalista é uma mulher estranha. Tem o cabelo armado como uma velha enfermeira polaca e veste uma bata sem nada por baixo.

Já não se pode confiar em ninguém.

Na semana anterior, sonhei com a minha mãe.

A minha mãe estava prestes a bater-me com um bastão forrado de cetim branco, ornado de flores. Aviso-a baixinho, corpo curvado, de que nunca mais me vê se me bater. O bastão fica em suspenso.

JULHO DE 1999

Nova casa, nova cidade, nova vida. Os mesmos fantasmas.

Uma muito jovem rapariga é penetrada por um homem cujo pênis é de vidro transparente, ou de cristal. Para assim se poder ver o sangue abundante que corre da vagina desflorada.

Essa rapariga engravida. Meses mais tarde, dá à luz uma criança.

Observo o nascimento, a criança saindo pelo sexo, com suavidade. Tem a pele bonita, não está peganhenta nem ensanguentada.

Embrulhei a criança num cobertor e dei com ela uma volta ao quarteirão. A criança não tinha um pé. Queria roubá-la, queria que fosse minha, mesmo assim, aleijada.

No regresso a casa, encontro a polícia. Era preciso devolver a criança aleijadinha. E procurar o seu pé. Talvez tivesse ficado dentro da barriga da mãe.

Acordei triste. Doía-me a perspetiva de perder o bebê e a sensação de calor que vinha dele.

30 DE MARÇO DE 2000

O meu psicanalista é um homem velho. O meu psicanalista pergunta:

— Por que é tão obcecada com a maternidade?

A pergunta estonteou-me. A vida toda ouvi:

— Por que é tão obcecada com a sexualidade?

Nunca ninguém havia compreendido que o fulcro era outro.

7 DE MAIO

Alguém procura vísceras de cadela e uma mulher. Uma mulher que as terá comido e assim engravidado.

25 DE AGOSTO

Um homem ejacula abundantemente para o ar, como se fosse um fogo de artifício. Mas ejacula sangue. Podem ser os restos do meu período.

Faço um enorme esforço, depois do ato, para esconder o sangue. Porque há (um crime?) imensas pessoas que passam pelo quarto, que o podem ver e assim adivinhar o que houve.

*

1 DE SETEMBRO

O crime de ser como sou.

Transporto uma pasta com o meu processo. Sou presa numa casa que não é a minha.

No caminho para a cadeia, somos envolvidos numa cena bizarra. A estrada arde. Encontro o pirômano que ateou o fogo. A polícia perde-me de vista. Decido ir ao seu encontro, entregar-me, para demonstrar que não sou assim tão má.

Devolvo a pasta com o meu processo e uma criança a que não tenho direito. Não é minha. Comprei-a.

12 DE OUTUBRO

Tenho um filho. Criança ainda de colo. É enorme para a idade. Fala. Tem um traje de malha branco. Quase de certeza é rapaz.

Vive com os avós.

Digo-lhe:

— Vem à mãe.

— Onde está a mãe?

Não me reconhece.

Fico destroçada e suicidária.

29 DE DEZEMBRO

Escrevo à minha antiga psiquiatra.

Demoro a encontrar o tom. Digo-lhe que a suavidade do meu novo psiquiatra me é benéfica. Ainda não consigo dizer-lhe que é uma bruxa e que não gosto dela.

Recebo na volta do correio um recibo da velha psiquiatra e dados para pagamento. Entende a comunicação como uma consulta, um uso do seu tempo.

Fantasio com a sua cara de bruxa, capaz de um feitiço ao saber-se rejeitada.

3 DE JUNHO DE 2001

Um homem que amei morreu esta tarde.

Durmo sozinha. Reviro-me e não consigo dormir. Por fim entro no sonho.

Sou uma criança e tenho um dinossauro por animal de estimação. Gosto dele e tenho asco, porque é viscoso. O meu dinossauro reproduz-se a grande velocidade. Os seus pequenos dinossauros nascem do ânus. Pedi ao meu animalzinho que parasse com aquela reprodução. Respondeu:

— Eu queria, mas distraí-me e saíram mais uns quantos.

Destes quantos, uns eram do sexo masculino e outros do sexo feminino.

Por fim, a aldeia onde habitávamos, o meu dinossauro e eu, ia ser submergida.

10 DE OUTUBRO

Um pássaro deu à luz duas crianças. O local do parto é uma casa de bonecas. As duas crianças são iguais a bonecas pretas e pobres, sem roupa, que se despedaçam em três tempos.

Não entendo porque nos meus sonhos se reproduzem tantos bichos. Cadelas, dinossauros, pássaros.

Interrogo-me por que é que um pássaro vem com o seu bico depositar crianças nos meus sonhos.

*

25 DE DEZEMBRO
O meu psicanalista dá-me um gato de porcelana. Não tenho medo porque não está vivo, mas não é apenas um objeto que se parte. Se fosse um animal, diria que morre.

Gosto e não gosto do gatinho. O seu nome é Carlito, não sei o porquê.

O meu psicanalista acaricia-me a cara.

27 DE ABRIL DE 2002
O mais espantoso de todos os meus sonhos: a minha mãe tem uma teta gigante. Uma teta de vaca, de uma alvura magnética, alva como os seios que despontam nas jovens raparigas.

Ela ganha a vida vendendo leite pela rua. Estende o peito e alimenta.

Só a mim não alimenta.

Tenho nojo de tocar nos seus mamilos secos. Talvez com uma luva? Contato direto é que não.

A minha mãe surge à porta da minha casa de banho com uma espada de samurai. Quer matar-me porque me odeia desde sempre. Eu tenho na mão um pau. Um pau comprido. Sem saber como, desarmo-a e atiro a espada pela janela fora.

Merecia levar com a espada de samurai na cabeça, morrer rachada ao meio.

Num movimento brusco, a minha mãe saca de uma faca. Corta um pão redondo. Redondo como um seio redondo. Têm a mesma cor. Corta-o como se cortasse a sua carne. Com uma raiva última.

*

PÁSCOA DE 2003

O meu psicanalista não sucumbe ao meu feitiço.

Não desisto de tentar perceber se algum dia vai sucumbir.

TERCEIRA PARTE

É agosto.

— Meu querido amor, tenho saudades de escrever.

"*Ma ligne de chance, ma ligne de chance.*"

Se a vida fosse como no filme de Godard, eu vomitaria verde desde manhã. Verde pop, mancha espessa, desenho de banda desenhada. Um verde diferente do verde dos espinafres do Popeye. É com jeitos de Popeye que Belmondo resume a essência deste filme: um filme sobre o que há entre as pessoas, as árvores, no movimento. Não sobre as pessoas. Sobre o que não se vê. Vê-se por instantes o Printil, não se vê o cheiro do Printil. É cor-de-rosa como o da minha mãe. Devem ter pago uma boa massa por aquela inserção publicitária. O Godard a escarnecer: paguem e desandem.

Vejo o filme e desenham-se frases na minha cabeça. Pego no computador e tudo o que parecia transparente, torna-se opaco, some.

De manhã, o meu interior tinha sumido. Tinha sido aspirado. Quem me olhasse para dentro, veria a morte.

Quando se está a morrer, perde-se sangue, sangue vermelho-vida, mas a doença é verde. Os lençóis da morte não serão vermelhos.

A explosão que me mata, que me suga: a melancolia. Biliar, amarela e verde. Esvai-se tudo, até a agonia. O corpo fica um saco vazio, sem ossos, sem órgãos, sem músculos.

No *Pierrot* a morte aparece sob a forma de um anão. Demoro a perceber que era um anão, parece-me uma criança. Para dizer:

— *Ta ligne de chance...*

Chance, sorte, destino. A Anna Karina diz que se atravessa a vida tentando escapar deste encontro. Contam-se patranhas, joga-se xadrez. E, de súbito, lá aparece o anão.

Não me lembrava do filme, há muitos anos longe de mim. Não me lembrava da raposa. Que medo, ser mordida pela raposa. E, afinal, que tem, que pode ter? Só uns segundos de dor, carne que é rasgada.

Quero que o João me dê a última injeção de Zoladex. Ele quer fazê-lo há muito tempo. Por que é que nunca deixei? Que coisa estúpida, recear que não corra bem. Se não correr, são mais uns segundos de dor aguda, ou até hospital. Concluí isto quando se me espetou um pedaço de concha na planta do pé. Retirei com a mão.

Não queria fazer leituras simbólicas de tudo. Não consigo evitar ver o anão que se chama Morte a reaparecer-me no caminho. A vida é como o filme: a corrente de ar que não se vê, a corrente sanguínea e biliar que apenas se pressente, um exército interno a quem é preciso dar de mamar.

Forço-me a escrever:

Não me lembro da dor de ser estéril.

Embora saiba que isto é mentira.

Agora sei que vou morrer. Sei que o anão inopinadamente aparece no ancoradouro.

Vida é cais, partida, estar em curso. A Morte chegou ligeiramente atrasada, acena, diz que me tem na mira.

Passo o dia na sombra sem conseguir suportar o calor. Dou uma caminhada na praia, com os pés na água, quando o sol já declina.

Desapareceu o desejo sexual.

O psicanalista sugere que tome um antidepressivo. Médico de formação, é a primeira vez, em anos de terapia, que o sugere.

Não sei por que escrevo estas palavras. Repudio esta construção literária. Não tenho medo de morrer. Agora já decidi viver.

Hoje é 15 de agosto.

25 de agosto

Regresso a Lisboa.

Tenho a impressão de ter sonhado com um bebê e um suicídio. Seria uma queda no abismo, com a criança no colo? Que perturbação: bebê e suicídio na mesma frase.

Faz anos o pediatra da Ana Ester. A Aurora nunca mais fará anos. Terça-feira é dia de psicanálise.

Estive em arrumações. Encontrei duas cartas para o psicanalista. Duas cartas de um tempo feliz.

12 de março de 2019

Olá.

Escrevo para dizer que estou muito bem.

Faz quase duas semanas que cheguei. Mando uma fotografia do dia de chegada, no green da universidade.

Há dias sonhei consigo. Sonhei que lhe pedia que me fizesse um desenho, para eu guardar. Uma inversão curiosa, porque são as crianças que fazem desenhos para os adultos. Fazia de si a criança e de mim o adulto. Achei muito simbólico que o sonho acontecesse no dia em que fiquei sozinha, como se pedisse um tesouro que pudesse contemplar e que era meu.

A verdade é que desenhou, acolheu o meu desejo.

Hoje voltei a pensar no sonho e em si, porque li umas páginas comoventes em que se falava de crianças e sonhos e de um moço que ria (era o Conselheiro Aires do Machado de Assis). O que se diz nas páginas é que as crianças olham para um homem velho e veem um moço que se ri para elas.

Liguei então a ponta que faltava, e lembrei-me de uma escultura que mando ao lado, uma roda de crianças, que fica a dois passos de minha casa.

Pronto. Acho que lhe estou a dizer que gosto de o ver criança e de brincar consigo. E que estou a aguentar bem, com um sorriso, este começo de estar a sós comigo.

Obrigada.

E agora, como me despeço? Um passou-bem, à nossa maneira.

Estimo, deveras, que esteja muito bem.

Ester.

*

10 de abril de 2019

Olá.

Os últimos nove dias foram difíceis. Apareceu-me um rato em casa, fenômeno comum, dizem-me, na Nova Inglaterra, com as suas casas velhas, de madeira, cave e jardim. Mas isso desencadeou em mim, além do medo e do nojo, um sobressalto contínuo, uma obsessão que não se deixa matar.

Além da limpeza exaustiva da casa, de todas as coisas com as quais o rato possa ter estado em contato, além das medidas tomadas para evitar novas visitas, a esperada tranquilidade não chega.

Ontem falaram-me de um ensaio de Freud sobre o medo aos ratos, o fantasma de que eles entram nas partes íntimas, trepam pelas pernas....

Na noite a seguir ao incidente, fiz um sonho composto de duas partes.

A primeira era uma expulsão. Eu defecava um rato, grande. Um bebê rato horroroso, que saía num espasmo único.

A outra parte tinha a ver com a vagina e com o medo de que o rato rapinasse o que tenho lá dentro.

Tenho tido muita dificuldade em despegar-me dessas imagens. Estou sempre a olhar para o chão, creio ver coisas a mexer-se, ouço barulhos nos tubos do aquecimento. Também nesse interior imagino ratos. É um medo tão grande e rápido que nem há tempo para o nojo. O nojo é exterior. O medo é interior.

Sinto-me desconcentrada, ansiosa, deprimida. Interrogo-me se faz sentido estar aqui, se faz sentido fazer o doutoramento. E serei mesmo capaz? E quero mesmo?

Tudo isto por causa de um rato! Ou seja, quantas ninhadas de pavores e inseguranças temos no nosso subterrâneo, que só estão à espera de um momento para vir à superfície.

Dito tudo isto, espero que esteja bem e peço desculpa por trazer imagens tão violentas. Obrigada, sempre, por me fazer sentir que tenho o seu ombro.

Ester.

26 de agosto

Ontem uma amiga disse-me que odiava tanto um homem que preferia morrer virgem a foder com ele. Mesmo que fosse o último dos homens. Estávamos à mesa. A versão que eu conheço desde a infância:

— Preferia dá-la aos pássaros.

Preferia dá-la aos pássaros a dá-la a um homem odioso.

Neste "dá-la" sempre vi um rito sacrificial. O momento em que alguém ergue no cimo de uma pirâmide um naco que é ofertado, que é disposto bem a jeito para ser bicado pelos pássaros. E, criança pequena, logo via a perfuração, o bico ereto dos bichos, a membrana virgem a ser esburacada. Até romper e os pássaros saírem em debandada, de papo cheio.

Corpos rasgados, corpos comidos, vísceras expostas, cenário de rapina. E uma violência assim era preferível àquele último dos homens, tal o ódio.

É estranho, mas tenho vontade de agradecer ser capaz de pensar essa violência. Agradecer uma infância onde essa forma de violência teve lugar. Onde preferia dá-la aos pássaros era dito como coisa banal, não escondido das crianças, que percebiam sem perceber o alcance do gesto.

Essa violência permitiu-me sentir o terror e criar os meus demônios, integrar esta brutalidade, começar a perceber que ódio é um assunto muito sério, que é talvez a última das coisas, se até o dá-la aos pássaros vem antes.

Se não fossem esses demônios, eram outros. Mas o dá-la aos pássaros faz-me continuar, derivar. Resgatei uma página em que matutei para o arranque de um romance. Rasguei-a dentro de mim, não rasguei o papel.

Cheguei a casa vinda do supermercado. O calor subia-me pelas pernas. Trazia um saco de cerejas. Fiz o caminho a pensar em lavá-las bem, afundá-las em gelo, sentar-me e esticar as pernas, a taça no colo. Antes de sair, tinha baixado as persianas para diminuir a temperatura.

Meti a chave na porta e vi duas mulheres que não conhecia. No seu olhar vi aquele tipo de superioridade que atemoriza, que fica a um centímetro da nossa cara. Percebi que me desapossavam de tudo o que estava naquela sala. Uma delas estendia a fita métrica ao longo da cristaleira, a outra anotava.

Vinham penhorar a casa, o recheio, tarecos que não prestam para nada, tudo o que pudesse fazer face a despesas contraídas pelo meu marido. Despesas antigas que eu ignorava.

Fui empurrada para a cozinha pelo Bernardino. Tudo em segundos. Deixei cair o saco das cerejas, vi-as rolarem pelo chão.

Ele já tinha entregado a máquina de filmar (insuficiente para saldar as dívidas e sossegar as duas mulheres, solicitadoras ou advogadas, de uma solicitude postiça e a advogar um interesse que não era o meu). A máquina era um bisonte antigo que ninguém queria para nada. Tinha servido para filmar as nossas filhas, festas caseiras, pouco mais.

Houve um instante em que tudo ficou turvo, o sangue abandonou-me. Foi uma quebra de tensão tão forte como se algo me dobrasse ao meio, de um golpe. Acontece com a vergonha. Também com o medo.

Não desmaiei. Quis perguntar:

— O que é que se passa aqui?

Mas intuí o suficiente para me inteirar da situação e limitei-me a dizer, seca:

— Só fazes merda.

Regressei à sala. As mulheres prosseguiam, com método. Numa folha de papel faziam o inventário dos objetos da casa. Anotaram as medidas da cama, experimentaram a espessura do colchão (para designar o material?, simplesmente para achincalhar?), voltaram a estender a fita sobre o espelho, bateram com os nós das mãos sobre a banca da cozinha:

— Parece mármore.

Disse uma delas. Com desprezo e cobiça.

Estenderam-me por fim a folha, o relatório. Expuseram datas e condições, montantes. Aumentou a altivez.

O meu marido implorou, quando saíram, que não fosse muito severo com ele.

— Não sou perfeito, eu sei.

Pronunciou baixo. Perfeito: a palavra mais imprópria que uma pessoa pode usar. Se eu fosse religiosa, diria que foi a palavra mais sacrílega que uma pessoa pode usar. Ele não é perfeito, eu não sou perfeita, ninguém é perfeito. Embora existam limites para a imperfeição.

Só depois subiu por mim acima uma cólera contra as advogadas ou solicitadoras. Quis atirar-lhes o dinheiro que liquidaria a dívida, esfregar-lho contra a cara, fazê-las engolir a humilhação que sentira. E depois exigir que pegassem no papel-inventário e o rasgassem em pedacinhos pequeninos, muito pequeninos, reduzindo a nada o que tinha acontecido. Até não ter acontecido, e tudo ficar num pó que se pode varrer, e desaparecer.

O meu desejo era vingar-me daquele modo de esticar a fita métrica, de testar a resistência do colchão, do olhar. Podiam ficar com o bisonte.

A advogada ou solicitadora, pessoas assim, quando estão muito zangadas e querem referir-se a situações de vergonha, dizem:

— Eu pintava a minha cara de preto.

No meu tempo dizia-se:

— Eu borrava a minha cara de merda.

É mais exato. A pessoa não só fica diluída num fundo sem cor, onde nada sobressai, como se mistura com a vergonha que está na merda.

O Bernardino devia ter borrado a cara de merda.

Escrevo este texto para que alguma vez alguém o leia e o imagine verde, com musgo, tão em decomposição que ninguém consegue chegar perto.

Para que alguém o imagine com a cara borrada de merda.

30 de agosto

Prossigo as arrumações com a determinação soturna de quem muda de casa. Ou faz a mala para ir para o hospital.

É outra forma de limpar, alisar o caminho, o prenúncio de um novo ciclo.

Encontrei o que sem saber procurava. Uma carta de 2007. Para mim mesma.

> A minha mãe nasceu filha de pai incógnito. Esqueço-me sempre disso, e ela também. Porque sempre considerou o homem a quem chama padrinho o seu pai.
>
> Sei muito pouco deste homem de quem tenho sangue. Creio que a minha mãe o viu uma vez ao longe, e é tudo.
>
> Talvez fosse casado. A minha avó teve três filhos desse homem, solteira. E quando casou e teve mais três, já os primeiros apareciam no registro apenas com o nome da mãe.
>
> Hoje lembrei-me desta história quando peguei no bilhete de identidade da minha mãe no aeroporto. Lá está o nome: Maria de Lourdes do Rio. E a letra torta, a figura aperaltada.
>
> A cara: especialmente bonita, cheia de vida e confiança na sua beleza. Não é uma cara de gente de aldeia e pobre, como

é, por exemplo, a cara dos meus tios. É a cara de uma senhora, vaidosa e citadina.

Talvez a vida tivesse sido outra se não fosse tão bonita. A vida da minha mãe foi mesmo desgraçada. Mal aprendeu a ler e a escrever. Só completou a quarta classe já adulta. Aos oito anos mandaram-na "servir", como se dizia na altura.

Uma das suas histórias mais recorrentes é a de ter apanhado uma tareia valente quando, menina pequena, ficou entretida a brincar com a filha dos patrões, na praia.

Como ela hoje gosta de praia...

O que aprendeu a fazer foi a servir. Esse fim de semana, em Londres, andamos em autocarros de dois andares. Lembrou-se da sua juventude no Porto, onde servia, e do tempo em que havia autocarros de dois andares no Porto.

O seu mundo mental circunscreve-se à domesticidade. Não é à toa que me sinto com ela quando lavo a louça. Ser uma fada do lar enche-me de contentamento e orgulho: aprendi exemplarmente as coisas que ela ensinou. Também deve haver nisto alguma ficção, porque já em criança, segundo conta, eu era mais arrumada e organizada que todos os membros da família. Mas reconforta-me a sensação de estar com ela num mundo que é o seu.

Um dos meus problemas na relação com a minha mãe tem que ver com a identificação. Os nossos mundos tocam-se com dificuldade. Falamos de roupa (que é o seu tópico favorito), do preço das coisas (outro preferido), da educação da minha afilhada (que ela acompanha com uma lassidão de avó e eu com uma severidade de mãe), de cabelos, maquiagem e de peso.

Durante anos, manteve um comportamento anorético, viveu de cigarros e café. Continua a viver de cigarros e café, mas agora come um bocadinho mais. E, desde que anda na ginástica, há uns meses, ganhou energia. Mesmo assim, mirrou. Mirrou tanto que me impressiona abraçá-la. Aos 59 anos, pesa 47 quilos. As rugas tão sulcadas devem-se a esse sumiço da carne. E ao sol que no verão apanha em doses impensáveis, e desprotegida.

Não vale a pena insistir para se proteger, como não vale a pena pedir-lhe que use calçado quente e confortável. Em pleno inverno, a minha mãe sai com meia fina e sapato de salto alto. Elegante, quer ela dizer.

Com padrões estéticos tão rígidos e convencionais, não admira que em Londres tenha achado homens e mulheres feios e malvestidos. O único homem lindo que encontrou foi o meu *flatmate*, mas esse é holandês. E tem razão, é bonito, na versão Brad Pitt.

Quando me viu na revista, fotografada à porta de casa pelos *paparazzi*, o seu conselho foi que passasse a vestir-me de outra maneira. Um saltinho alto, uma calça... para ficar bem ao lado do meu marido.

Quando eu era pequena, ficava embaraçada pelo modo como se exprimia. Muito mal, é como se exprime. Tem uma notória incapacidade para assimilar a diferença, o novo, a surpresa. E repete os seus erros na vez seguinte como se não tivesse nunca sido corrigida, ou como se nunca lhe tivessem ensinado a pronunciar corretamente uma palavra. Hidroginástica fica hedroginástica, e outras assim.

Com o tempo, fui aceitando as suas limitações e deixei de tentar ensinar. Não lhe podia exigir nada nesse domínio, e que já muito fizera ela, atendendo à pobreza e à fome que marcaram a sua infância.

Vergasto-me de culpa cada vez que penso que a tratei com arrogância. Fui uma fedelha insuportável e estúpida.

Mas persistiu sempre a sensação de incomunicação, incompletude. Quase tudo do que sou lhe é estranho. Tristemente, não tem grandes recursos para compreender a minha existência.

Durante anos, acho que a odiei raivosamente. Um Édipo muito enraizado, um sentimento de exclusão, uma vergonha pelas suas singularidades. Ao mesmo tempo, transformei-a em alvo da minha proteção: eu, dotada, tinha a obrigação de zelar por ela. Ela, a incapaz.

Como senti hoje um pouco, levando-a pela mão ao aeroporto.

Vivi a frustração de não me sentir amada pela minha mãe. Isto traduz-se num sentimento antiquíssimo de orfandade, num desejo de merecer a sua atenção e amor. Faço um esforço hercúleo, exercitado desde sempre, nesse sentido.

Isto coincide com "*a*" corda sensível da minha psicanálise: uma dolorosa sensação de abandono quando o meu pai estava na guerra. Mesmo depois do seu regresso, eu era uma criança gorda que desfigurava um quadro idílico. Hoje, acho cômico que a minha mãe tenha pintado de louro o cabelo da minha irmã. Para ir de anjo na procissão, igual aos anjos da iconografia religiosa.

Nas fotografias da nossa primeira infância, estou invariavelmente zangada, ela é uma princesa solar, primogênita da sua mãe. Uma menina a quem fazia totós, linda como as bonecas são lindas.

É claro que tudo isso que para aqui digo é incompreensível para a minha mãe, e em caso de confronto, seria veementemente refutado. Porque as filhas, todas, são a melhor coisa que tem no mundo. A propensão que tem para o lugar-comum é espantosa. Mas não poderia ser de outra maneira: o lugar-comum é a casa que não lhe é estranha, é o lugar onde não se sente ameaçada.

Esses dias, em Londres, dei-me conta de que o seu corpo é um bloco de tensão. Seguro-a pelo braço e toda ela se enfia nesse espaço, com força. Pedi-lhe várias vezes que soltasse o corpo, que relaxasse. Nunca foi capaz de o fazer. Deve ser-lhe congênito. Por fim, disse-me:

— Eu agarro-me porque não quero que tu fujas.

E tudo ficou mais claro para mim. O seu medo de ser abandonada, desamparada, o seu apego às coisas, a tudo o que, simbolicamente, traduza atenção, tempo, o amor.

Vou reavivando a história da minha mãe. Talvez para me ajudar a percebê-la e amá-la. Gosto mais dela agora do que gostei no passado. Ou talvez seja, simplesmente, um gostar mais pacificado. Já não tento fazer dela a mãe ideal. Já não tento, infantilmente, moldá-la a meu gosto.

Ela sente bem que gosto mais dela. No meu último aniversário contou-me uma história terrível, que não era nova, mas que tendo a esquecer, pela sua violência. Primeiro, como sempre, a minha mãe dá-me os parabéns e explica que fui a filha que mais lhe custou a ter. De como a rasguei, violentei e quase matei com os meus 4,650 quilos. Ela, franzina, ficou exaurida. A seguir, relembrou que quando a minha irmã mais nova nasceu teve um sonho funesto. Sonhou, ou sentiu, é igual, que estava a morrer, a deslizar num túnel, e que foram as filhas que a salvaram, quando, da outra extremidade, lhe gritaram que não morresse e lhe pediram que se mantivesse viva. A minha mãe estava muito surpreendida porque eu também gritava e pedia.

(esta parte comove-me muito...)

Ela: Mas tu queres que eu viva? Eu pensei que não gostavas de mim...

Eu: Gosto, gosto muito, não morras.

E foi assim, segundo a minha mãe, que ela soube que eu gostava dela.

Tratei-a o melhor que pude nestes dias. Quis que estes fossem os melhores dias da sua vida, os primeiros só nós duas.

Foram, pelo menos, diferentes de todos os outros. Foi a primeira vez que fez férias. Se excetuarmos as férias de praia, em que continuava a ter sobre os ombros a responsabilidade de tomar conta da família. Foi a primeira vez que saiu de Portugal, que andou de avião. Foi a primeira vez que andou de metrô, que comeu um crepe. Aqui, riu-se imenso, porque o comeu na rua, em Portobello Market, fato também inédito. Ou scones, ou capuccino, ou atum fresco.

Quando lhe pedi que dissesse do que mais tinha gostado, disse que não conseguia. Depois pôs à cabeça o Harrods, a que chama o armazém do Dodi. O circuito Diana também lhe encheu as medidas. Falava dela como quem fala de uma atriz de novela, e no museu de cera não quis tirar fotografia com a Camila!

Estar com sapatos de 1500 euros nas mãos pô-la em delírio. Bem como entrar na Chanel. Uma senhora que entra na Chanel. Com os sapatos na mão, comentou uma daquelas coisas que só ela se lembraria de dizer:

— Isto é mesmo para subir a um palco. Imagina isto lá na estrada de paralelos...

Paralelepípedos.

Ainda sorrio quando a ouço dizer isto.

Ou quando me perguntou que pijamas eu visto quando durmo com o João. Então eu não sei que um homem prefere uma mulher com lingerie?! Toda nua, sem travão, é que não pode ser! Rebolei a rir, perguntei-me se ela não teria razão.

Tratei da minha mãe como se trata de uma criança. Como não tem qualquer autonomia, e à falta da sua querida televisão, passamos integralmente juntas esses sete dias.

Mostrei-lhe a cidade, tentei que não se preocupasse com dinheiro. Ela tentava poupar nos cafés, porque é tudo muito caro.

Ontem à noite, entretive-a com o Roberto Carlos, no YouTube. Foi o cantor da sua juventude, foi com ele que sonhou. Apanhei as "Folhas de outono", que não ouvia há dezenas de anos. Foi bom.

No aeroporto, pedi a umas moçoilas que estavam na fila do check-in para a ajudarem. Tinha-lhe escrito num papel tudo aquilo por que ia passar, como encontrar a porta etc. Mas era mais seguro assim. A minha irmã Adelaide, na vinda, nem dormiu de preocupação, achando que se ia perder... Mas chegou bem, acompanhada por um casal com quem meteu conversa e que ma entregou, à chegada.

Sem que eu pudesse prever, no espaço de segundos, desatei num pranto quando a abracei e nos despedimos. Era um choro muito apertado e sentido, como não chorava há anos. De certo modo, ainda choro, passadas algumas horas.

Esses dias foram um acerto de contas com o seu passado infeliz e de provação. Foram um acerto de contas com as nossas distâncias e dificuldades. Souberam a redenção. E a despedida.

Sobretudo desde que ela começou a emagrecer e a mirrar, fiquei com medo de a perder.

No comboio de regresso a casa, prossegui na leitura de *Patrimônio*. Philip Roth escreve sobre a relação com o pai, velho e com um tumor.

Tenho medo de a perder. Para um tumor, um ataque de coração, uma maldição assim. Poucas vezes senti como hoje o quanto a quero e me é preciosa.

QUARTA PARTE

22 de setembro, a pensar nos ontem

Domingo à tarde, nua na cama. Lavada. Corpo pronto para o sexo. Faz tempo que não penso em sexo. Insinua-se a fantasia de um corpo pronto para morrer. Ou, antes disso, para ser amortalhado.

O meu corpo vai ser submetido a uma intervenção cirúrgica daqui a dois dias. Inicio hoje uma dieta preparatória. Nada de vegetais ou de fruta. Acordei às seis e tomei três cafés. A gula faz-me pensar num quarto café.

O João deu-me a última injeção de Zoladex, essa injeção que me tirou o período e me atiçou pequenos incêndios na cara, no peito, na barriga, semanas depois. Deitada na cama, estava transida de medo. Deu-me a injeção melhor do que ninguém. Não doeu nada.

Pensei no instante imediatamente anterior à penetração. No temor, na rejeição, na porta que se fecha, na boca do corpo cosida com linha. E por fim no gozo. Por que é que as mulheres têm medo do sexo? Se calhar sou uma lésbica que nunca o foi.

Escolhi não ver o tamanho da agulha. Dizem que é grande, de um grande que impressiona. Imagino uma agulha que penetra a pele de um cavalo. Há coisas que não precisamos de ver.

Vi numa revista o meu peito malformado, assimétrico. O aleijão. Vi o que tinha visto ao espelho durante anos. Um saco que pende, comprido como um saco de arroz, à direita.

À esquerda, o seio pequeno, que cabe numa mão, espécie de marmelo suculento — mas fruta podre, trinta anos mais tarde. O câncer foi no lado atrofiado. As células cancerígenas levaram a melhor numa terra queimada, desde sempre indefesa. Ali não nasceria um pomar.

Não tinha guardado fotografias desse antes com que cresci, e quase esqueci. Quis muito esquecer a imagem do meu corpo adolescente. Sou boa a empurrar as fezes para o porão. Foram precisos muitos anos para googlar o raríssimo

síndrome de Poland

e ver o medonho. Três vezes mais nos homens do que nas mulheres. Maior incidência no lado direito. Talvez uma insuficiente irrigação durante a gestação.

Eu sou o avesso. Mulher e lado esquerdo. Será que quase fui homem na gestação?

Para que é que fiz a pesquisa?, para avivar o quê?, foi só para exprimir a minha autocomiseração?

Vi a fotografia do meu peito numa entrevista com o meu cirurgião. Era uma revista do século passado, um consultório. Não estava então à espera e debulhei-me em lágrimas.

Às vezes, só às vezes, franzo um pouco os olhos e meço de cabeça o que são 720 gramas num saco de arroz. Tanto quanto me tiraram na cirurgia de redução mamária.

Tinha dezessete anos.

De que adianta lembrar a vergonha e a dor de ter crescido assim?

Hoje é terça-feira e depois de amanhã sou operada. Vão tirar-me o útero e os ovários.

Há muitos anos, o poeta Jorge Sousa Braga viu passar num saco plástico o útero e os ovários da mãe, logo após a histerectomia. Não era uma visão de médico, assética, esclarecida.

Era a dor de um filho. Ia ali a sua primeira casa. A compreensão (e a criação) desta imagem é a de um poeta.

A minha casa nunca foi casa de ninguém.

E não é verdade, porque foi casa de mim mesma. Nasci de mim, nasci de um útero infértil, nasci de um peito atrofiado, nasci da vergonha, nasci das pernas inchadas da minha avó, nasci do câncer.

Tenho de pensar de que casa me despeço.

Tenho de ser muito forte e deixar-me de simbolismos.

No domingo à tarde pensei no corpo da mãe do João. No seu corpo que esteve nu, como eu estava, naquela mesma cama. Terá estado o seu corpo morto naquela cama? O seu corpo doente esteve seguramente naquela cama. Corpo definhado e triste. O seu corpo erótico esteve naquela cama, apesar de doente. Terá tido prazer? Terá gostado de sentir a alvura dos lençóis, a luz e a calma de uma tarde de domingo? Terá sentido medo antes da penetração? Para onde foi a libido da mãe do João depois de ter adoecido?

Tenho de lutar para que a minha libido subsista. Não sei dela.

No domingo não fiz sexo. Há muito tempo que não me masturbo com os dedos. Ser capaz de escrever representa uma alusão ao sexo. Uma coisa é criada, uma força é sentida. Estou viva. O meu corpo não foi amortalhado. D. Eusébia amortalha o corpo da mãe do *Brás Cubas*. A minha irmã Adelaide vai amortalhar o meu corpo, um dia.

D. Eusébia tem uma filha que personifica o desejo e que é coxa. Ter um peito desigual é o mesmo que ser coxa: é um escárnio da Natureza. Felizmente consigo disfarçar este escárnio que me tocou em sorte.

O que me roubaram não me aniquilou. Por uma razão mágica que não consigo apurar, que não se consegue apurar por ser mágica, qualquer coisa em mim é capaz, palpita, pulsa, corre — tenho ímpeto.

Vamos ao mais importante: o natimorto, como chamei à melancolia do *Brás Cubas*. Aquele bebê enfaixado que se forma depois da morte da mãe, no luto da Tijuca. Nunca parido.

No domingo comecei o trabalho de parto desta melancolia, naquela cama onde podia ter morrido, mirrado, enlouquecido. ("Foi só uma injeção...", diz-me uma voz escarninha.)

Vou parir um natimorto. Vou parir uma morte para que uma vida possa voltar a viver.

Por esses dias, dois bebês foram abandonados pelas suas mães, li nas notícias. Por que é que nenhum destes bebês é meu? Por que é que em mim não se dá o milagre da anunciação? Escrever (e a Ana Ester) são a minha forma de viver a orfandade às avessas do Casal Aguiar? O casal que reproduz Machado e Carolina no *Memorial de Aires*. Todos órfãos de filhos. Todos somos filhos. Nem todos somos pais.

O luto está a terminar. Ou a começar. Escrevo no quarto do bebê e não consigo escrever. Não sou capaz de conceber. Seca.

Estranhamente, foi agradável pensar no corpo que se amortalha, na mãe do João, no meu corpo que vai morrer.

Gostaria de ter sido capaz de engravidar. Naquela cama.

24 de setembro, dia da cirurgia

Vista para o Tejo. Vermelho agora no céu. Cidade a alumiar-se.

Comi sopa de cenoura e purê de pera.

Pedi ao funcionário que me chegasse o computador e um dos livros, o *Brás Cubas*. O funcionário é brasileiro e foi professor de História. Não abro o livro e leio dentro de mim as passagens que sei de cor. *Foi então que desabotoou em mim a melancolia.*

Aurora.

A única vez em que estive nestes quartos foi por causa da Aurora, num período de convalescença. Estava contente com a vista e o conforto.

Há minutos fizeram nova coleta de sangue para ver a hemoglobina. A Aurora estava sempre interessada na hemoglobina.

Deu-me o fanico quando estava no recobro. No primeiro levante — aprendi essa hoje; ou seja, na transição da maca para o cadeirão — senti náusea, julguei que ia vomitar, uma coisa dentro de mim dissipava-se. Subitamente um enxame de pessoas. Pressão arterial nos 3,9 e os quase 6.

— Já está a subir, 4,5.

Uma enfermeira do enxame pôs-me compressas de água fria nas têmporas. Quando voltou disse que me tinha reconhecido e que admirava o meu trabalho. Lia os meus livros. Conhecer-me assim...

Ontem a Rosa jantou na nossa casa. Sem querer, entornou um copo de vinho tinto. Tudo esparramado na parede. Na cara dela, um clarão. Fez aquela cara de quem assiste ao sortilégio: tinha acontecido o mesmo na véspera da sua ida para Londres, onde foi tratar um câncer do endométrio. Ia correr bem.

Esses acordos do destino são aquilo a que chamo as janelas comunicantes.

O superlativo: faz hoje anos a filha da minha oncologista. Nasceu no dia em que me tiraram o aparelho reprodutor.

Identificar estas continuidades não me atira para a metafísica. Atira-me para a *serendipidade*. São fios e é uma harmonia. É a vida que estou a celebrar. O que continua, a haste seguinte.

A hemoglobina ainda não está pronta.

Masco pastilha para produzir suco gástrico.

Quando acordei da cirurgia, ocorreu-me que me tinham feito uma cesariana. Que algo tinha corrido mal e que tinha sido preciso operar à antiga. Não foi. Tenho cinco pensos a preencher a barriga. Quanto tempo demora a ficar outra vez espalmada?

No bloco operatório, antes do sono anestésico, cantei os "Três apitos" do Noel Rosa. Baixinho, abafada pela máscara, para dentro da boca. Não percebi em que momento deixei de cantar. Foi a enfermeira que me lembrou que adormeci a cantar.

Vi-a várias vezes, bem como o cirurgião e o anestesista. Por causa do fanico.

Um sono invencível fez-me dormir a tarde toda no cadeirão. Passava pouco das seis quando despertei. Observei os homens das obras a sair do trabalho.

Da minha vista vê-se o rio e o novo edifício da Champalimaud. Daqui a não muitos anos, outras pessoas estarão como eu a registar impressões do dia, a encaixar as peças do puzzle.

Esta manhã, entrei eu e entrou uma mulher mais jovem do que eu. Sozinhas por causa do covid. Eu para a ginecologia, ela para a mama. Eu era ela há um ano. Pagamos e seguimos o nosso destino. Não guardei a cara dela. Não lhe pude dizer:

— Força, coragem. Ó mãezinha, vais conseguir.

A minha mãe continua sem saber. Não sei se é melhor assim. Acho que sim.

O meu psicanalista diz que tenho bem nítida a diferença entre aparelho reprodutor e corpo criativo. Por isso me magoa tão pouco a ablação destes órgãos. Desta barriga nascerão os bebês mais belos: os meus. Espero que nasçam e espero saber amá-los.

Esta manhã vi três minutos da Nadia a fazer os seus melhores exercícios.

Há um ano levei para o hospital o *Dom Casmurro* e o *Esaú e Jacó*. Hoje trouxe o *Brás Cubas*. "Não tive filhos, não transmiti a nenhuma criatura o legado da nossa miséria."

Legado: *Memórias póstumas*.

Esta campa tem de ser para mim outro berço.

26 de setembro

Estou em casa desde ontem à tarde.

A casa é um invólucro. Num tempo de destruição da casa-corpo, fui capaz de construir um braço, um escudo, olhos, cabeça que sente. Isso mesmo: cabeça que sente. Não ter perdido a sensibilidade quando tudo estava embotado é uma vitória das grandes.

Durante anos tive a impressão de viver anestesiada. Não identificava dor, pânico, raiva. Não tinha palavras. E uma camada bem espessa de plástico branco tornava opaca toda a agitação do subterrâneo.

Vamos supor que era um plástico como aquele que envolve os cadáveres. Selados, fecho corrido, vida congelada.

Esse cadáver acordou em mim devagar. Primeiro braços e pernas, correspondentes a traumas menores. Por fim, cabeça e sexo, sempre os lugares do suplício. Pelos anos fora, ganhei palavras para as coisas. Saí da moca da anestesia.

Voltei a perder as palavras em outubro passado.

Que sentia eu?

— Nada.

Não precisava de falar?

— Não.

Eu não sabia sentir. Era aquela pessoa aflita que escava, escava, escava, com falta de ar, a boca seca — e nada. Não encontra nada. Só terra remexida.

Eu não tinha de sentir, eu tinha de responder. E ser boa a responder. Boa doente. Sem dor, sem queixa, cumpridora, boa cara.

— Não se acredita. Passou por tudo sem um ai.

Comentava a oncologista.

Esta noite dormi mal. Não encontrava posição. Sentia o corpo cortado ao meio. Lembrei-me dos mágicos que serram o corpo da assistente em duas partes. Aquela espécie de caixão cômico divide-se em dois, como um boneco articulado.

O lugar do meu corte é o umbigo. Do umbigo para baixo, concentra-se uma dor ligeira, um incômodo. Acordo a gemer. Quase tenho vergonha de pedir um analgésico. Nem sei se aquilo que sinto é deveras dor. Eu suporto.

Depois de dois dias nas profundezas, volto à superfície.

Escrevo na mesa de jantar. Parece Natal. Nada me inquieta.

Observo a minha mão esquerda, os vestígios do catéter, as picadas, as equimoses. Toca-me a mão da Aurora, continuamente pisada. A Aurora é o pai do Alexander, fantasma de fato branco, passos silenciosos, que surge ao fundo da sala. Foi a ideia da manhã de Natal que me conduziu a esta fantasia do *Fanny e Alexander*. Recordo a mão da Aurora arroxeada. Tantas vezes tive vontade de beijar aquelas mãos magoadas nos nossos lanches e almoços.

Parece-me ter compreendido melhor — só ontem — a exaustão da Aurora nos dias de tratamento, aqueles fins de tarde em que não tinha forças para falar. Ouço a voz dela ao telefone:

— Agora tenho de desligar.

Explicava na manhã seguinte que se tinha ido abaixo das canetas. Pressão muito baixa. A ir-se. Quanto seria? A minha querida Aurora deve ter tido tantas vezes a impressão horrível de que se vai vomitar, perder os sentidos, a boca a arrepanhar-se de seca — a impressão que eu tive no primeiro levante.

Esta tarde podíamos ver o *Fanny e Alexander*, outra vez. Já não tenho medo de um bruxo-bispo-padrasto-malvado. Consigo incendiá-lo. Não temo que me apareça neste a seguir ao Natal. Ele já me apareceu e já fui capaz de dar cabo dele. Já estamos no depois, naquele último almoço, naquela imensa mesa redonda, em torno de duas crianças. Uma delas é filha das trevas, do sadismo, do instinto de morte. O Bergman deve estar a dizer-nos que temos em nós o gérmen do mal e da destruição.

28 de setembro

Os meus pais casaram há 51 anos. Faz hoje.

Tenho pena de não ter o vestido que a minha mãe usou, branco, pelo joelho, bordado a azul. Numa fotografia que me habituei a ver nos álbuns de família, a minha mãe usava um pequeno véu e um casaco de malha. Se calhar, o outono já estava entrado, como este outono em que estamos. Não me lembro se o meu pai usava gravata, sei que era magro. Os meus olhos são para ela: tem uma expressão séria e orgulhosa.

Noutra fotografia tirada um ano mais tarde, a minha irmã é bebê e a minha mãe repete o vestido. Provavelmente no batizado.

Casaram à volta da festa de São Miguel. Já os ouvi contar de como foram para a feira, da animação. Não tiveram dinheiro para o copo d'água. Comeram bacalhau numas mesas corridas e falam disso, ainda hoje, com alegria. Como se fosse um banquete. Poeirada, barulheira, sem cerimônia: tudo me parece um quadro adorável.

O vestido da minha mãe não pode ter sido caro. Podia ser feio, com a estridência que encontrei mais tarde nos concursos de vestidos de chita. Como sempre, era de bom gosto, recatado, citadino. Provavelmente a minha mãe educou o gosto no tempo em que foi criada de servir no Porto, e viu como se vestiam as senhoras. As senhoras que a chamavam com o toque da sineta.

— Tantas vezes ouvi a sineta.

Lamentou-se um dia, olhando para a sineta de cristal que pertenceu aos pais do João. Tive vontade de arremessar a sineta contra a parede. Não o fiz.

Hoje pedi desculpa à minha empregada por ter deixado umas calcinhas sujas de sangue. Tirei-as no sábado à noite quando me senti com febre e fui para a cama. Enquanto tive fluxo menstrual, lavei à mão os vestígios de sangue que ficavam nas peças. Mais do que pudor das coisas íntimas, é respeito pelo trabalho do outro. O cuidado para não infligir a humilhação.

Ontem, quando estive doente, balbuciei:

— Eu não mereço isto.

A minha irmã pensava que me referia a mais um desaire clínico. Eu não mereço complicações pós-cirúrgicas.

Eu pensava nos três anjos da guarda que velavam por mim: ela, a Rosa, o João. Eu não mereço todo este conforto, fortuna, facilidade. Não mereço todo este amor.

Comecei a adoecer no sábado à noite. Houve uma passagem brusca entre o estar bem e o precisar de me deitar, a tremer, febre alta. O cirurgião desconfia de uma infecção urinária. A sintomatologia não confere. Posso estar a fazer um abcesso abdominal.

A meio da tarde, quase fui internada. Um pouco histérica, mas só por dentro, e por breves instantes, pareceu-me ouvir a notícia da minha morte, vê-la passar em rodapé na televisão.

— Morreu Ester do Rio Arco.

Que triste, tão nova, diriam. Como se a morte não se chegasse à juventude.

Fomos ao hospital esta manhã. Nova TAC. Puseram-me os braços para trás, senti o sabor metálico na boca, mais metálico do que das vezes anteriores, uma sensação quente a sair das calcinhas, como se estivesse a urinar durante o sono, bastante menos desta vez que das outras.

As análises revelam uma infecção que não se sabe onde está, já controlada pelo antibiótico que tomo desde sábado à noite. Guardei uma caixa de Augmentin da pneumonia bacteriana. A Adelaide, sempre insuperável na graça, olhou para o tamanho do comprimido e chamou-lhe canhão. A Rosa perguntou-me esta manhã se já tinha tomado o canhão. Por falar nisso, acabei de tomar o canhão. Oito da manhã e oito da noite. A febre subiu ligeiramente.

Passei a tarde na cama a descansar. Amanhã passo o dia na cama a descansar. Forço-me a aceitar os tempos do corpo.

Esta manhã fixei os olhos num recipiente de metal. Estava na prateleira de baixo, logo à entrada da sala onde colheram sangue.

— Um útero cabe neste recipiente? Quanto pesa um útero?

Perguntei de modo maquinal. Impôs-se um interesse no concreto.

720 gramas, 20 gramas, quantos gramas desta vez?

Falta saber quanto cortaram desta vez. Hão de dizer-me quanto pesava o útero e os miomas. Visualizo aquele grande que, na descrição do meu ginecologista, parece uma bola de tênis.

A imagem que mais me aparece é a do talho, a da carne dependurada. Somos carne, somos bicho, somos instinto de sobrevivência, somos uma máquina que precisa de urinar e defecar, perder sangue, ter dor ao andar, sentir que um tijolo — um caixão — ocupa toda a barriga.

— Já estás limpinha?

Perguntou a Rosa quando cheguei a casa. Sentia-me limpa, como quando se evacua um longo cocô.

Continuo sem fazer cocô. Posso estar a reter, inconscientemente, este último grande cocô. Depois adeus para sempre.

Uma pessoa não sente que já não tem útero e ovários e trompas. Sente só a falta psicológica. Uma ausência simbólica.

As tais interpretações freudianas. Mas como não ver a forma de feijão do recipiente, a mesma em que os bebês aparecem nos livros de ciências? Para onde foi o meu útero depois de ter saído de mim? A casa dos meus bebês imaginários, está onde agora?

Quando voltei à sala, depois da TAC, voltei ao assunto. Quanto pesa o meu útero? Cabe naquele recipiente? O que colocam naquele recipiente?

O meu olhar fixa-se num feijão maior, mais perto de mim, sobre o qual está pousada uma tesoura.

Tinha a pressão estranhamente alta para quem não comia há 24 horas: 10/6. Nem desmaiei quando me tiraram sangue e injetaram o contraste. Que estranho e desconhecido é o corpo. O mesmo corpo que esta noite acordou a escorrer suor, rios de suor. Os lençóis encharcados. Qualquer coisa explodiu dentro dele. O que terá sido?

A última vez que suei assim foi nos meses da pneumonia.

A minha mãe falou-me de uma priminha que vive no medo. Medo do escuro, medo de ser levada, medo de morrer, medo de ficar sozinha, medo de um cão, de um gato, das moscas em casa. Ouço petrificada e penso em abuso sexual. Não consigo deixar de pensar na priminha. O que mais me impressiona é o pavor do animal. É isso que me faz atribuir um contorno sexual ao medo da menina. E, sem saber o porquê, surgem novamente as imagens da carne dependurada, do talho. A nossa existência animal. Somos vísceras e medo.

1 de outubro

O dia começou há seis minutos. Só há segundos me lembrei de que foi no dia 30 de setembro que soube que tinha um câncer. Agora me lembro que Machado de Assis morreu a 29 de setembro. Que sequência.

A certeza veio no dia 3, quinta-feira. Mas naquela segunda ao fim do dia, soube. Como é que uma pessoa sabe, não sei. Também não sei como é que se aprende a domesticar a angústia, erguer a cara, falar com calma, não chorar, ter força.

Agora sei o desenvolvimento desta história que é a minha história.

Recebi a notícia por telefone. Estava sozinha.

— Podemos operar para a semana. Se os trezentos quilômetros não forem um problema, venha. Tomamos conta de si.

— Vou.

— Traga uma mala de roupa. Não sabemos quantos dias vai ficar.

Consegui dormir.

Não desmarquei o encontro com o Noé Sendas. Percorremos a casa nova, ainda vazia. Procuramos o lugar certo para a fotografia de uma mulher elegante e triste cujo corpo é uma página (ou uma tela) em branco. Essa mulher sou eu. Não lhe confidencio que uma certa vida morreu na véspera. Só daí a muitos meses sou capaz de contar:

— Eu já sabia, desde a véspera, que tinha um câncer na mama. Foi muito importante manter a tua visita, não interromper o fluxo da vida.

No domingo foram as eleições. Festa em casa. Como se não fosse nada.

Na segunda fui para o Porto. Três dias de exames preparatórios.

Na quinta extraíram-me o tumor.

Nunca cheguei a determinar o dia que iria assinalar: 3 ou 10? Deveria ter incluído o 30.

O impulso de escrever surgiu ainda no 30. Achei importante assinalar algumas coisas:

— este foi o primeiro dia sem febre em muitos dias, o que me leva a pensar que estou a recuperar e agora sem volta;
— dormi onze horas, acordei como quem renasce;
— tive um daqueles suores de ensopar os lençóis;
— na véspera, dei à luz aquele primeiro e último cocô; gestação de um tempo que passou a ser outro, primeira criação de uma barriga sem útero. Um cocô bom e inteiro, não total e orgástico mas não enfezado, apesar do medo de rasgar. Aleluia;
— ontem passei o dia na cama, febre a subir. Omiti o quanto me assustava a tosse seca — rádica? — que fui soltando pela tarde;
— o relatório da TAC descreve um edema. Senti a apreensão do médico. O perigo é quando o abcesso não é vigiado, e degenera numa peritonite e depois septicemia e depois pum.

Muito antes disso, no caso de ter um grande abcesso, ele teria de ser drenado. Vi-me com a minha vida a andar para trás. Como nos filmes em que o Charlot tenta correr para a frente e um elástico o puxa, e não o deixa sair do lugar.

Estava tão cansada que cancelei a sessão de psicanálise por Skype. Não consigo ir presencialmente, não consigo elaborar sobre os dias.

O pós-operatório da histerectomia está a ser mais exigente. Dias depois, continuo a dar passos miudinhos, ando dobrada sobre a barriga. Tenho dificuldade em estar muito tempo sentada.

Na cama li cem páginas da Elena Ferrante. Fiquei excitada com páginas sobre a descoberta da sexualidade. Aquela perturbação de ver um pênis pela primeira vez, de uma força se notar sob a roupa, sair das calças. Pensei de raspão na menina que fui e que descobriu a sua sexualidade. Essa imagem encantou-me. Chegou a beirar a fantasia da masturbação, mas nada disso pode ser por enquanto. Transar, não, durante mês e meio, ou mais. Está nos panfletos. O resto, sim, mas a partir de quando?

Esta recuperação coxa, macerada pela infecção, pela febre, deve atrasar tudo. O ano passado retomamos uma semana depois, muito interessados em dizer um ao outro que até no sexo fazíamos xeque-mate à doença. Mal sabíamos que o problema viria depois, quando o meu desejo mergulhasse nas profundezas por causa da terapia hormonal — e de tudo o mais.

Mal sei eu o que aí vem, o que nos espera.

O médico e as enfermeiras são didáticos: a menopausa não é o fim da vida sexual. Por outras palavras, não confundir corpo fértil e corpo erótico. Deve ser uma forma de me avisar:

— O elevador está no -10, vai descer até ao -20, atenção, não deixe, ele foge com outra.

O médico usa eufemismos, expressões carinhosas:

— Casal que não tem intimidade física não fica junto.

Eu é que junto a última parte: ele foge com outra.

Sei que a lubrificação será mais difícil, o orgasmo mais lento. Tudo mais difícil, tudo mais lento. Dor na penetração. Como as mães depois de serem mães. Será preciso reaprender a fazer amor.

Desapareceu já o corrimento das calcinhas.

Vi que se inicia o julgamento da Ester, que há um ano abandonou o bebê no lixo, num saco plástico.

3 de outubro, sábado

O ano passado era quinta-feira.

Queria escrever sobre o meu corpo um ano depois.

A casa veio abaixo. Não pensei que viesse abaixo, mas veio. Porque se mexeu nas fundações. Na fundura de estar viva e de saber que vou morrer. Que podia morrer. Na estranheza de não ter medo de morrer.

O corpo é ligeiramente diferente. Tenho menos quatro quilos, peso 58 quilos. Podia ter menos quatro ainda. Só a extrema magreza me satisfaz. Tenho madeixas de cabelos brancos. Perdi alegria no olhar. Fiquei mais insegura da minha beleza, e por isso olho-me devagar ao espelho.

A mama direita, operada aos dezessete, emagreceu o correspondente aos quatro quilos. A correção da assimetria deixou-a sempre assimétrica, mais coitadinha. Agora nota-se tanto que um médico chegou a pensar que tinha sido essa a mama tumorectomizada. É a outra, a esquerda, que está na mesma porque daí tiraram menos gramas do que aqueles que há no miolo de um pão. Como é que uma coisa tão pequenina pode desencadear tanto mal? Como é que uma célula se transforma noutra célula, a má já nasce má ou transforma-se?

A mama esquerda tem uma cicatriz que quase não se vê e que fica perto do braço. Tem o tamanho de um dedo indicador. Como é que por um espaço tão estreito se chega tão longe?

Ainda está uma sombra azul à volta do mamilo. Quando eu vivia na aldeia, passava nas pálpebras o giz azul-céu que os homens roçavam no taco de bilhar. Este azul é mais tênue do que esse.

Na minha barriga tenho cinco pensos, um sobre o umbigo, dois de cada lado. A cicatrização está a ser espetacular, afiançaram ontem. Barriga Danone, disse a enfermeira na segunda-feira:

— Sempre foi assim?

Espero que volte a ser assim, quando passar o inchaço.

Daqui a um ano, espero ter menos quatro quilos, suicido-me se tiver mais oito. Daqui a um ano talvez tenha começado a pintar o cabelo, fazendo como se não o pintasse. Pode ser que consiga ser menos vaidosa e frívola, mas duvido.

Estarei a trabalhar no doutoramento.

Estarei a trabalhar em coisas estimulantes.

Continuarei a sonhar em ganhar muito dinheiro, muito, muito dinheiro. Dinheiro meu. Dinheiro que traduz um pouco do meu valor e assegura a autonomia.

Daqui a um ano terei sabido o que fazer com este diário. Há pouco pensei incorporá-lo no doutoramento, como gravidez autônoma, corpo próprio de uma gestação gêmea, memórias não póstumas, mas prévias, e de certo modo contíguas.

Daqui a um ano, terá passado a pandemia, estaremos vacinados, será possível fazer a festa de anos que o ano passado cancelamos e que este ano não podemos fazer ainda. Estarei a dias de fazer cinquenta anos. Cinquenta anos!

O mais importante do dia de hoje é não ter nada de especial para dizer. Esta é uma conversa que venho tendo comigo desde que iniciei o diário e, em particular, desde que me perguntei por que é que eu nasci.

Por que é que eu nasci, por que é que cheguei a ver a aurora?

Fiz-me a pergunta quando estava na noite mais escura. O câncer começou a ensinar-me um sentido para a minha mortalidade. E fez-me descobrir que estranhamente não acredito bem que vá morrer. Não ainda.

O mais importante deste dia é constatar que não tenho medo. Não tenho medo de morrer, não tenho medo de adoecer, não tenho medo de falhar, não tenho medo de nada. Sei que sou capaz de sobreviver, que quero o dia, que vou voltar à alegria.

Nesta percepção de mim, é fundamental sentir-me amparada, sentir o João, a Adelaide, a Rosa, toda a gente, sentir-me tão amada. Acho que não sabia que era tão amada por tanta gente e isso salva. Mas se não me salvasse a mim mesma, nada poderia. Este é o começo de uma casa mais sólida, onde gosto mais de mim.

7 de outubro

Ponho a mão na barriga como as grávidas de três meses. Tenho pança de grávida de três meses. Até segunda-feira à noite tinha o intestino parado, mas então deu uma pontada e expeli um cocô grande. Hoje também. Começou a funcionar. Em casa celebramos o cocô como se celebra o cocô dos bebês. A vida a fazer-se.

Visto um vestido solto que bem poderia ser o de uma grávida de três meses. Ou o de uma mulher que acabou de dar à luz. Nunca na vida me vi com corpo de grávida. Ou parturiente. Ventre inchado. Não é o mesmo que gordura acumulada. Sempre vivi com uma estranheza — quase repulsiva — à fantasia de estar grávida, de ter um bebê dentro de mim. Um bebê fora de mim é uma coisa. Um corpo que cresce dentro de mim é outra. Fantasiei muito um bebê que já nasce pronto, completo. Criança entregue no bico da cegonha ou no cesto bíblico, que atravessa as águas e vem dar à minha margem, à minha porta.

— Onde estás?

— Estou no quarto do bebê.

Escrevo no quarto onde vou fazer os meus bebês. Até hoje, duas semanas depois da cirurgia, não me dói a certeza de que não poderei gerar bebês, desses a que chamamos bebês, que crescem na barriga e chegam a ser pessoas inteiras. Convenci-me de que o que escrevo não é menos

um filho próprio da minha pessoa,

como pretendia o Bentinho.

Os meus passos ainda são miudinhos. Acabei o antibiótico. Sem febre. Vou ao hospital daqui a nada tirar os pensos e ver a barriga e os seus furinhos. Causa surpresa não sentir absolutamente nada na vagina, embaixo. Sei que foi por aí que saiu tudo. Tudo o que na minha vida se aproxima de um parto aconteceu nesse dia 24, em que pari o meu próprio aparelho reprodutor. Nada de gritos e dor, nada de carne esgarçada. E nenhum vestígio disso. A dor, ou incômodo, que sinto, está cinco dedos acima e vai até ao umbigo.

Nunca engravidei, nunca fiz um aborto, nunca usei a palavra raspagem. Sempre me arranhou e afligiu a palavra raspagem, os sulcos que ela abre. Terra arada, mas não para semear.

Umas horas mais tarde.

Venho do hospital com quatro furos à vista e um furo tapado. Tenho uma auréola vermelha em torno do umbigo, resultado de penso ensopado no banho. Parece que já não há perigo de infectar os pontos, mas é preciso controlar a criação de fungos. Volto na sexta.

Nada disto me interessa porque venho de lá com o relatório da peça operatória. Útero, ovários e trompas pesam uns miseráveis, uns heroicos 157 gramas. Como é que um bebê poderia — pode! — surgir de um núcleo que pesa 157 gramas? Um pênis pesa quanto? Um pênis conjugado com um útero pesa quanto? E daqui se faz vida.

O meu útero, que deve estar num lixo orgânico, não lixo de cascas de fruta e restos de comida, mas lixo de peças operatórias, cânceres, esse tipo de dejetos, é menor do que um ovo de pata ou de avestruz. O meu seria equivalente a um ovo que se estrela, com duas orelhas mínimas e duas amêndoas na extremidade. A enfermeira mostrou-me no seu gabinete o protótipo do aparelho reprodutor e garantiu que aquilo reproduzia o tamanho real do útero, das trompas e dos ovários. Como é que daqui se faz vida?

Intromete-se em mim a presença de Ester. Gostaria de assistir ao julgamento. Ficar sentada a ouvir, a amá-la. Sinto um amor a que talvez se chame compaixão por esta jovem mulher que imagino tão desprotegida. Se não a amar eu, quem ama? Receio não saber distinguir o bem do mal, ser capaz do bem e do mal, até de matar. Como chegou Ester àquele lugar, o da sombra mais preta?

As fezes vão pelo cano. As cinzas servem de estrume. Agora já sei o que é compostagem. Não sei o que fazem a estes despojos — ou aos cânceres, sobretudo aos cânceres — depois de passarem pelo microscópio. Convertem-se em alguma coisa boa? São danosos até ao fim? Deve haver um momento, uma circunstância, em que a palavra metamorfose tem um fim.

A descrição do material analisado recorre a palavras como: lisa (a mais repetida), íntegra, branca. Podia ser a descrição de uma superfície marmórea, bela. Como se eu fosse uma estátua e não sangue e músculos, órgãos, tecidos. Gosto do som e da imagem de "lisa". Sem atrito, sem rugas, sem fraturas, sem dificuldades. Os meus miomas devem ser os "múltiplos nódulos brancos, firmes". Um chega a medir quatro centímetros. O útero tem oito centímetros de altura.

Em nenhum lugar se faz referência ao meu útero arqueado, útero em forma de coração. (Esta imagem poética foi-me dita como uma espécie de compensação.) Não sei ler nestas palavras a infertilidade que trago comigo. Há muitos anos que sei que sou infértil. Até ao fim dos meus anos saberei que sou infértil. Nunca mais serei visitada por um anjo que anuncia. Acabaram-se os milagres. Começou a realidade. Ei-la que vem com uma nitidez de rua lavada, transparente e altiva, é solo remexido e rico em nutrientes. Adeus, meu rico útero, meu coitadinho, que nunca me serviste para nada. Sempre soube que o teu lugar era na cabeça, na ponta dos dedos.

10 de outubro

Hoje parece que faço anos.

— Vitória, vitória!

Não me lembro do medo de há um ano. Lembro-me das plantas do hotel, do prazer de olhar para elas, de manhã, antes de me dirigir ao hospital. Este ano olho as plantas do jardim da Champalimaud. Em particular as bananeiras. Tenho saudades de ouvir os pássaros.

Tomei banho sentada no banco. Apeteceu-me uma barrela de Páscoa. Mas não pus esfoliante nem cortei as unhas, nem os pelinhos que cresceram. Espalhei creme no corpo, pela primeira vez passei o dedo sobre as cicatrizes na barriga e notei a linha de pesca que desponta de cada uma delas.

— Abrir os pontos, dói?

Veio a memória da primeira cirurgia, aos dezessete, para corrigir a assimetria mamária. Vejo a sair a linha inteira, verde, puxada de dentro do peito. Nessa memória, o procedimento é especialmente doloroso. Pode ser que tenha chorado. Se fosse hoje, não chorava, não chegava a doer. Fiz-me rija. E os tempos mudaram: agora tudo é indolor, paliativo. Sinto orgulho em resistir à dor. Mais do que valentia, é uma extrema concentração no momento, no que se faz e pronto. Sem mas.

Concentração e confiança. No meu caso, foi quase tudo. Concentração e confiança. Embora a confiança e a concentração sejam como os nenúfares: camada fina à superfície sustentada por uma estrutura complexa, alimentícia, inquieta no submerso. Sem o amor que recebi, não seria possível acreditar com tanta força. Sem as condições excepcionais em que vivo, seria mais difícil concentrar-me na cura.

E trabalho e disciplina. Como a Nadia.

Dormi dez horas e acordei bem disposta.

Há dois dias senti que podia morrer. Cuidei que estava a ter um ataque cardíaco. Coração a bater desenfreado. Ou um choque anafilático. Manchas no corpo. Inopinadamente.

Durante a noite, abri a boca para dizer:

— Ando a jogar xadrez com a morte.

Vejo-a a rondar-me, sou o cavaleiro do Bergman. Num agora que não se sabe qual é, surge para me repetir que sou mortal. Resta saber se sou mortal neste agora, neste instante preciso.

Nos últimos dias, senti que podia morrer naquele pós-operatório em que a minha vida foi um copo que cai ao chão. A seguir colaram-se os cacos.

Na última aparição, a morte esteve na garganta, levou o coração num batimento contínuo, era cavalo que não consegue parar. Mesmo que me tivessem dado um tiro, como ao cavalo executado à minha frente no Dubai, o coração continuaria a bater por instantes, por não ser possível parar. A vida mostraria ainda os seus movimentos, os estilhaços, depois do rebentar.

Hoje é dia de festa. Por esta hora, há um ano, já estava no bloco e a dormir. O mal estava a ser extraído. Horas mais tarde, a oncologista sussurrou-me ao ouvido, mãe bondosa de uma criança a meio de um pesadelo:

— Já não está em si, já não pode fazer-lhe mal.

Obrigada, minha Fada.

E então, como criança que estava, vi-o dentro de uma caixa transparente, pontinho minúsculo que me mostrava a sua bocarra feia.

Já não estava em mim, já não podia fazer-me mal.

— Meu querido amor, safamo-nos de boa.

Tudo correu bem. Já não posso dizer especialmente bem. Mudou para sempre a certeza física de que a morte pode aparecer por trás daquele quadro. Um receio que domestico com o meu eu forte.

Na sessão de psicanálise de ontem exprimi uma ideia perturbadora.

— E se isso tudo que me acontece for um castigo por não ter dito à minha mãe?

Falei de encosto, assombração, mau-olhado. Há anos que não me lembrava destas palavras, vocabulário do meu tempo antigo, que o meu cartesianismo reprimiu. E se um fantasma me persegue por ser má filha?

— Não partilha com a sua mãe para a poupar. Nunca se arrependa de poupar a sua mãe.

Acudiu-me o psicanalista, vigorosamente, arrancando a raiz da culpa. Agradeci-lhe por isso. O seu objetivo era menos libertar-me do que apontar para a angústia de morte que trago comigo. Latente. E que por vezes rebenta e faz o coração bater como um louco.

Até para o ano.

11 de outubro

Não sei dizer o que quero dizer. A vida só é verdadeiramente perfeita quando conseguimos esquecer o sofrimento. A vida só é verdadeiramente perfeita quando estamos apaixonados. É o único quadro que nos permite não pensar, não lembrar.

A minha avó faria anos hoje.

Leio o livro da Adília Lopes. Lembra que a música é linda, mas não traz de volta os que morreram e ela amava.

A minha avó foi a primeira pessoa que amei. Ela morreu no hospital, de uma sexta para uma segunda. Dei-lhe um beijo na cara antes de descer à terra. A minha mãe e as minhas tias gritaram. Eram uivos. Eu chorei, mas não uivei. O animal ficou dentro de mim. Acordou em maio, este maio, quando estive eu à beira do precipício. Atiro-me, não me atiro. Tinha a boca cheia de terra, a garganta com cimento. E, por fim, qualquer coisa me fez querer a correnteza, a estrada onde se ama e tudo começa. "Ama como a estrada começa", poema de um só verso do Cesariny. Tão misteriosa é a vida.

Ouvi música esta manhã. Estava dentro da música. Tenho a impressão de ter aprendido canções como primeira língua. As letras sugeriam um picante que eu captava. Eram canções que falavam de amor, em particular da dor do amor.

A minha mãe e o meu pai eram essas canções em corpo. Falar de canção é diferente de falar de música. A canção é um dia, um instante, uma relação. A música é o cenário de fundo, o vento que não se vê e nos revira, é qualquer coisa que nos transporta.

A música da casa da minha outra avó, a que não era querida, era só gritaria. Íamos lá almoçar aos domingos. O almoço estava sempre atrasado. A minha irmã e eu íamos passear para um cemitério que ficava perto. Gostava desse passeio. Não tinha medo nenhum. Depois da primeira linha de jazigos, havia um campo e flores do campo. O verde desse campo ainda me ocorre, não sei se apanhava flores.

As tardes na casa da minha avó eram muito chatas. (Só anos mais tarde aprendi a dizer maçadoras e aprendi o que são chatos.) O meu avô comia queijo e vinho. E amendoins. A minha avó tinha cara de má, repetia as mesmas frases de ciúme e de dinheiro. Era uma erva daninha. Se fosse canção, seria uma canção horrível, que não conseguimos ouvir — ao ponto de pôr as mãos nos ouvidos. Essa avó tinha o cabelo curto como as senhoras da cidade. Não usava avental.

A minha avó querida fazia um puxo atrás, com ganchos, não se sentia bem sem o avental. Talvez se sentisse nua, ou desprotegida. Olhei para a sua fotografia esta manhã e gostei da determinação no olhar.

Uma vez a minha avó querida perguntou-me se eu gostava mais da avó da cidade, que tinha o dinheiro que permitia comer um gelado todos os dias. Eu tinha estado a passar férias com ela. As minhas tias levavam-me a passear e davam-me um gelado todos os dias.

Nessa casa vi numa telenovela uma referência à vida real. Perguntei em que lugar ficava a vida real. Ainda hoje me pergunto onde fica a vida real. A telenovela é o lugar da vida faz de conta que reproduz a vida real. Mas a vida que vivemos é mesmo real? Sou faz de conta.

A editora da Adília Lopes diz que a sua geografia é a casa. A minha também. Não sei dos rios nem das montanhas, nem da rua. A minha geografia é a cozinha e o quarto, ou mesmo a cama. E a casa de banho. Tudo o que me interessa na vida passa-se nestes lugares.

Estou cada vez mais encapsulada. Nos primeiros meses do diário, mantinha-me presa aos dias, à vida real, ao país. Ontem foi o dia em que se registaram mais infecções. Quase esqueci o perigo da pandemia. Rejeitamos aquilo que nos dominava nos primeiros tempos. O rio da pandemia encontrou-se com o rio da doença e este engoliu o primeiro. Agora que a minha doença está controlada, temos condições para fazer o movimento inverso e desenvolver uma diferente obsessão. Se nos confinarmos de novo, no inverno, não terei medo de viver. Porque tenho menos medo de morrer.

Noutro poema, a Adília reproduz: "A mulher-a-dias dos meus pais contou-me que uma vizinha do bairro lhe tinha dito acerca da minha mãe e de mim: 'Mas elas são doutoras? Vestem-se como umas pelintras'". A minha mãe e eu não queremos parecer-nos com pelintras. Mesmo que já não sejamos pelintras há muito, muito tempo, e eu vá ser doutora por extenso. O passado demora muito tempo a passar. E nos grandes cataclismos, sobretudo nos bíblicos, em que os grandes prodígios da geografia acontecem, vemos surgir as ervas daninhas, as flores do campo, certo verde. De repente, ainda é esse domingo, essa espera, esse solo.

Há dois dias tinha o hálito podre. O meu corpo continuava atormentado, mesmo que tudo parecesse apaziguado. Hoje já não tenho. Faço ha-ha para a palma da mão, não me cheira a nada. Gostava que o cheiro fosse o das crianças acabadas de lavar.

13 de outubro

A Aurora fez um testamento dois dias antes do nosso lanche com a Eugênia. Concluo agora. Recupero as fotografias dessa tarde e são de 26 de julho. O termo de entrega que hoje assinei começa assim: "Por testamento de vinte e quatro de julho de dois mil e dezanove, a professora Maria Aurora Ferro Moel dispôs, por morte, dos seus bens, tendo destinado..." Destinou-me **1 quadro**, assim, escrito a *bold*.

Esta madrugada faz meio ano que a Aurora morreu. Daqui a poucos dias, não fará 81 anos, poucos depois eu farei 49.

Pelos oitenta, fizemos um almoço num barco, navegamos pelo Tejo. Era um grupo de poucas dezenas de amigos, diferentes círculos que convergiam naquele centro do mundo que era ela, da idade das árvores. Fui ainda muito debilitada, uma semana depois da tumorectomia. A Aurora disse-me que a minha presença a tinha emocionado.

Esta tarde a comoção foi toda minha. Recebi o quadro que já não esperava receber, e uma pantera de cristal que acaricio como se fosse o dorso de um animal de verdade — ou a mão de Aurora.

A sequência é esdrúxula. A testamenteira perguntou-me há semanas que quadro poderia ser. O que estava disposto era "1 quadro a Ester do Rio Arco".

No entanto, a minha peça esteve para ser outra. Esteve para ser uma caneta belíssima, réplica de uma caneta da Virginia Woolf, comprada nos Estados Unidos ou em Inglaterra, que a Aurora ofereceu... à Eugênia. No lanche de 26 de julho. Esta rotação liga-me ainda mais à Eugênia e àquela tarde — e à escrita. A caneta pertence-me também, Aurora teve intenção de ma oferecer. Somos, Eugênia e eu, côncavo e convexo de Aurora, dos seus pensamentos, júbilo, generosidade, ligadas.

Nunca pensei que a Aurora me destinasse fosse o que fosse no seu testamento. Sendo estrangeirada, era óbvio que faria testamento. E, não tendo herdeiros diretos, os filhos que herdam e que me fazem pensar na herança, na transmissão e na continuidade como problema central nos romances de Machado de Assis, quis ser explícita em relação às suas vontades.

Ter certa expectativa em relação a um patrimônio, sabe-se desde a Virgília do *Brás Cubas*, é um assunto escorregadio. O tio morre e não lega uma migalha. Mas a expectativa é um fantasma, lépido, insolente, que se anuncia onde menos esperamos.

Por exemplo. Há alguns anos, assaltou-me o desejo de possuir um desenho de Mário Botas que está na parede do meu psicanalista. É uma cabeça dentro da qual há mundo em movimento, caminhos, camadas, o onírico. A ideia assaltou-me e posso ter ficado vermelha, embaraçada... porque quis roubar o desenho. E, compreendendo a importância dessa fantasia, fui capaz de a confessar.

Mais recentemente, voltou a beirar-me este projeto. Só que agora eu não precisaria de o roubar, porque... ele me seria deixado em testamento. Este absurdo não fui capaz de admitir. Pareceria que estava a pedir a peça, criança caprichosa a suplicar.

— Deixe à sua filha dileta (querias!) um desenho de que ela gosta muito, um desenho que é uma síntese do trabalho que fizemos juntos, um desenho que só ela saberá amar.

Os delírios de uma pessoa são transbordantes.

Um dia, Aurora falou-me com aquele espanto de quem perdeu a fala. Uma investigadora com quem trabalhara tinha-lhe deixado uns dinheiros. Julgo que a emoção resultava de a relação não se ter perdido, cinquenta anos mais tarde. Um pouco alheia ao assunto, fiquei feliz pelo que o gesto significava, e por supor que o dinheiro lhe faria jeito. Tanto quanto sei, vivia bem, sem ser abastada.

O quadro. A testamenteira não conseguia encontrar o meu quadro. Teria eu ideia? Não. E preferia prosseguir o "acidente", o *hazard*. Aceitar o que o destino me pousasse nas mãos. Por destino quero dizer: uns caminhos misteriosos, uns fluxos que não sabemos como se movimentam. De modo algum queria escolher.

A pantera era uma peça de substituição. A testamenteira perguntou-me se acharia graça a ter uma escultura da Lalique, elegante. Eu acharia graça. Por dentro, preferia fechar os olhos e abri-los apenas quando o mistério se abrisse nas minhas mãos. Como presente no sapatinho.

Chegaram esta tarde os embrulhos. O meu nome vem escrito no papel pardo. Abro os embrulhos no quarto do bebê. Sento-me no chão, emociono-me. Quero cumprir um ritual, ponho a tocar "Dido e Eneias" pela Janet Baker.

O menor é a pantera de vidro preto. Não sabia se era um puma, uma chita, um jaguar, no site da Lalique chamam-lhe pantera. Um felino assim é corpo em potência, força e instinto. O cristal tem uma rigidez de que gosto, é frágil e delicado. Não me faz medo sendo estátua. Deve ter sido por isso que lhe fiz festas no dorso, acariciei-o devagar como nunca fiz a um animal. Como beijaria as mãos da Aurora.

Quando encontrar o nome certo, posso adotá-lo, transformá-lo no meu animal de estimação.

O quadro é uma surpresa, não contava com ele. Que será? E, ao voltá-lo, deduzi que era exatamente aquele em que Aurora pensava quando pensava em mim. É uma cesta de flores amarelas.

— Minha adorada Aurora, sinto tanto a sua falta.

A cuidadora de Aurora, que ajuda a desmanchar a casa, deve ter identificado a peça.

E aqui estão elas, as minhas flores, a exalar ímpeto e melancolia, a mais grata e quente memória: o privilégio de ter vivido um grande amor.

16 de outubro

Não consigo compreender o que me leva a sentir ternura por uma pessoa cuja cara nunca vi e que foi capaz de despejar o seu filho, recém-nascido, no caixote do lixo. Com que assombração estou a falar?

Ester, a última das mulheres, a infanticida.

Transformar-me-ei alguma vez numa pessoa assim? Que pessoa serei nesse futuro que não sei qual é?

Faz de conta que é 20 de outubro

Escrevo dia 22.

Ontem, dia 21, foi conhecida a sentença. Ester foi condenada a nove anos de prisão por ter deitado o filho recém-nascido num caixote do lixo.

No dia 21 de há um ano soube que não tinha de fazer quimioterapia. Chorei de alegria e alívio. Chorei pela primeira vez desde o dia em que soube que tinha um câncer.

Este capítulo é só de positivas, para contrapor ao último do *Brás Cubas*: "Das negativas". (O meu caro Brás nasceu a 20 de outubro.) Não sei já apontar as positivas. Há um travo a requentado, há dois dias foi há demasiado tempo. Devia ter escrito em vez de me demorar a pôr a mesa.

O dia dos meus anos foi de felicidade.

Passei o dia a receber flores e palavras amigas.

Fui a uma sessão de psicanálise.

Dia de temporal, a tempestade chamava-se Bárbara.

De manhã, no banho, toquei o meu corpo com certeza e incredulidade. Este corpo que neste instante coço sente calor, mexe os pés, revelou-se débil. Este corpo dominou o meu último ano.

Porém. Mais do que o câncer, a coisa mais difícil do último ano foi a morte da Aurora. E de um modo líquido, ou seja, difícil de palpar, como linha que se insinua no fundo da banheira, desenhou-se uma ligação entre os dois acontecimentos. O câncer mostrou-me a minha mortalidade tangível. Adquiriu outro conteúdo aquele ensinamento do Eduardo Lourenço:

"É uma frase que tem um sentido preciso: ter 91 anos. Mas o sentido que tem para nós não é o mesmo que tem para si. Para si é uma constatação cronológica. Para nós comporta uma leitura que não é a que faríamos se estivéssemos a falar do Ramsés II. Estamos a falar de uns sujeitos que vão morrer. E que sabem que vão morrer, como os gladiadores do circo romano. O melhor é encarar isso da maneira mais filosófica possível. Quer dizer, sabendo que o que quer que pensemos sobre aquilo que nos espera, nada podemos. Está fora do nosso alcance. Não somos os sujeitos de nós próprios. Nascemos embarcados, como dizia Pascal. Depois, somos desembarcados."

Eu sou aquela que sabe que vai morrer. Não sei de ouvir, não sei de ver, não sei por conhecer o significado — oco — da palavra cronologia ou morte. Sei de tocar o corpo e compreender que um dia é ele. Que não é ainda, mas que vai ser. Sei-o com uma certeza de carne crua, de quem ouve com máxima atenção, sem nenhum disfarce, com lente de máxima nitidez.

"Caio é homem, todos os homens são mortais, logo, Caio é mortal." O silogismo de Tolstói era correto, mas nunca para ele próprio, nem para mim própria, mulher, como todas as mulheres, mortal. Porque, à semelhança de Ivan Ilitch, não sou Caio, não sou o homem em geral, sou uma criatura muito distinta das outras todas. Sou a Teté da minha mãe, a Miúda do João, a Machadinha da Aurora, Artigo que não se Imita, escreveu Noel Rosa na canção "Três apitos". De certa maneira, somos todos "artigo que não se imita", molde único, sujeito individual, íntegro. Desrespeitar essa integridade é crime grave. Sou a que pergunta, aquela a quem a palavra vitalidade assenta, a que se emociona. E dizer isso é dizer ainda coisas gerais.

No livro de Tolstói há um vestido de riscas, beijar a mão, a biografia de um sujeito singular, o gosto do couro. Eu sou a que teve recentemente hálito podre, a que sonhou com um estupro e um escopro.

A morte da Aurora ajudou-me a saber isso. Com a morte da Aurora, não morreu apenas a minha outra mãe. Morreu uma projeção de mim própria daqui a trinta anos. Quando começamos a ser amigas, emergia a convicção bizarra de me estar a ver daqui a trinta anos.

A Aurora era eu daqui a trinta anos.

Mais do que alguém que eu gostaria de ser daqui a trinta anos, sustentava-me a impossível segurança de antever o meu Eu futuro.

A Aurora morreu e morreu o meu peito, o meu rim, o corpo que é matéria e que morre de fato. A ameaça sobre o meu corpo foi uma navalha a ser amolada e a passar rente, por vezes a provocar pequenos lanhos, a derrubar-me de novo depois de subir de novo para a trave. A morte da Aurora lembra-me a inelutável falência do meu corpo — a que há de ser.

Este ano surpreendeu-me a interrupção do que entendemos por ordem natural das coisas. O meu câncer é dizerem que me podem vir buscar saltando o elo da minha mãe. A minha mãe mãe.

Vieram buscar a Aurora, natureza dupla, minha mãe e meu Eu. Por isso o meu ano é morte e doença.

E nascimento. A escrita do diário é a célula primordial, dá som ao silêncio, ao inexprimível, alumia a escuridão. Escrever é ser capaz de gerar. É vencer o sentimento de infertilidade, a terra gretada que medrou durante meses (fechava os olhos e via essa extensão infindável, solo pedregoso, as fissuras, imprópria para semear). É escutar-me no fundo da viagem de Dante, andar sempre à beira de um desfiladeiro. Continuar.

Tenho orgulho por ter conseguido sobreviver a este ano. Orgulho é um sentimento tonto, mas não é o mesmo que soberba. É constatar que fui capaz, que fui valente.

Portugal passou os 3 mil casos de infecção. Nas notícias preparam-nos para os 5 mil em breve. São visíveis, no céu à minha esquerda, os vestígios da tempestade. O céu vai do azul ao chumbo.

Ainda agora nasci e pode ser que tenha de voltar para a toca. A lura, como ouvia em criança.

Definição de lura: buraco na terra feito por coelhos e outros animais para habitação ou esconderijo.

— Lura!

E saltávamos para dentro da cama, debaixo dos cobertores. Aninhados, aconchegados, tranquilos.

A lura é a casa onde me defendo destes tempos sombrios. É a vida uterina, o recolhimento enroscado onde me concebo a mim própria. É o meio da noite onde farei um sonho de criação. Vou sonhar que estou a comer uma gemada.

Postscriptum

Manhã de 23 de outubro.

A ideia da gemada levou-me à minha infância, levou-me mais longe, ao meu ovo, ou *ab ovo*, que se traduz por "desde o início", assim escrito pelo Machado — Conselheiro Aires. Por outras palavras, da morte cheguei à vida, mexidas à colher, num movimento circular.

Sonho que estou a comer uma gemada. Com que sonhou a minha mãe quando eu era pouco mais do que ovo? Que fantasias estariam na sua cabeça? As minhas construções:

o medo da guerra,
o meu pai ausente,
o peso do trabalho,
a necessidade,

a alegria da minha irmã feita anjo, louro pintado, mascarada de boneca.

O corpo da minha mãe há de ter sido deformado pela minha presença, bebê gigante. A minha mãe era muito jovem, tinha muita força.

Isto acordada. Não consigo imaginar os sonhos do sono.

A gemada da minha infância era só gema e açúcar, não se punha leite. Fui alimentada a leite em pó, papas, o normal.

A efabulação é um registo palatável, necessário, irremovível. Mas se tudo isto é invenção, de onde vêm essas imagens, as fantasias, as palavras? Por que aparece a sugestão de uma gemada? Por que associo a cor e a textura das palavras uterina e gemada em linhas sobrepostas? Uma é declinação da outra. A genealogia é a da minha vida. E agora sou eu, provinda do osso da vida, ou seja, da morte, a nascer de novo. Desde o ovo e até ao infinito, desde o ovo e até ao infinito, desde o ovo e até ao infinito, desde o ovo e até ao infinito... *Era o meu delírio que começava.*

Foi o meu delírio que acabou.

Este livro foi editado pela Bazar do Tempo na cidade de
São Sebastião do Rio de Janeiro, em julho de 2025, e impresso em
papel Pólen bold 70 g/m² pela gráfica Margraf. Ele foi composto com as
tipografias Epicene e TWK Everett.